Schneider Der Forstaufseher Moosbichler

Heinrich Schneider

Der Forstaufseher Moosbichler

Mit 14 Zeichnungen von Erich Hölle

Achte Auflage

BLV Verlagsgesellschaft
München Wien Zürich

CIP-Kurztitelaufnahme der Deutschen Bibliothek

Schneider, Heinrich:
Der Forstaufseher Moosbichler / Heinrich
Schneider. – 8. Aufl. – München; Wien; Zürich:
BLV Verlagsgesellschaft, 1985.
ISBN 3-405-11606-6

Druck: Peradruck, München
Bindung: Conzella, Urban Meister, München

ISBN 3-405-11606-6 · Printed in Germany

INHALT

WER WAR MOOSBICHLER?

Nepomuk Moosbichler war in seinen jungen Jahren Holzhauer bei meinem Vater. Da sich der »Muckl«, wie er von den Dorfbewohnern genannt wurde, für alle forstlichen und jagdlichen Dinge lebhaft interessierte, nahm ihn mein Vater unter seine Fittiche und wurde ihm Lehrmeister. Bald schon konnte er den Moosbichler als Rottmeister einsetzen. Er hatte es nie zu bereuen, daß er diesen intelligenten und kreuzbraven Waldarbeiter gefördert hatte, denn er konnte sich in allen Dingen auf ihn verlassen.

Die Gemeinde Hartering an der Donau hat einen großen Waldbesitz, und mein Vater, der den angrenzenden Staatswald zu betreuen hatte, übte als der zuständige Staatsforstbeamte die Oberaufsicht über diesen Gemeindewald aus. Dafür hatte ihm die Gemeinde die Jagd zu einem billigen Pachtschilling überlassen.

Als dann eines Tages der Gemeindeforstaufseher von Hartering ganz plötzlich starb, setzte mein Vater beim Bürgermeister durch, daß Nepomuk Moosbichler diesen Posten erhielt. Von da an kannte die Liebe und Verehrung, die der Muckl meinem Vater entgegenbrachte, keine Grenzen mehr. Nachdem ihm der Bürgermeister seine Anstellung als Forstaufseher bekanntgegeben hatte, war der erste Gang des guten Moosbichler ins Forsthaus zu meinem Vater.

Er dankte ihm mit Tränen in den Augen: »Alles verdank i bloß Eahna, Herr Forstverwalter, denn wenn Sie sich net so um mi angnommen hätten, wär i mei Lebtag lang a oafacher Holzhauer bliebn. Dös vergiß i Eahna net, Herr Forstverwalter, nia vergiß i Eahna dös!« Dabei quetschte er mit seinen ungeheuren Pratzen die Hand meines Vaters, daß sie ihm noch tagelang weh tat. Beim Abschied machte sich die übergroße Dankbarkeit des treuen Muckl nochmal Luft in der Versicherung: »Und wenn S' amal an Feind ham, Herr Forstverwalter, den zerreiß i in der Luft!«
Nepomuk Moosbichler war aber nicht nur ein goldtreuer Mensch, sondern auch ein Original von Format. Schon rein äußerlich war er eine auffallende Erscheinung. Alles an ihm war überdurchschnittlich. Seine Größe von 1.92 Meter, sein kräftiger Körperbau, seine unheimliche Kraft und vor allen Dingen seine enorm großen Hände. Ich habe nie mehr in meinem Leben solche überdimensionalen Pratzen gesehen. Wenn er das Jagdgewehr in diesen Riesenflossen hatte, so sah das so aus, als wenn ein normal gebauter Mensch ein Kinder-Stöpselgewehr in den Händen hielt.
Seinen Dienst versah der Muckl vorbildlich. Tag und Nacht war er im Revier, bewaffnet mit einem alten, aber gut erhaltenen Hahndrilling und einem eichenen Spazierstock. Dieser Stock war aber den Dimensionen des Muckl angepaßt und demgemäß schon eher ein kleiner Baumstamm. Bald schon waren Muckl und sein Eichenstock von allen Holzdieben gefürchtet. Schon nach kurzer Zeit war er eine legendäre Gestalt und in der ganzen Gegend als Original bekannt. Wie er zu dieser Popularität kam, davon soll in diesem Buch einiges erzählt werden.

MOOSBICHLER UND DIE HOLZDIEBE

Es kam immer wieder vor, daß Korbflechter aus einem weit draußen im Donaumoos gelegenen Dorf in den Staats- und Gemeindewald kamen, um armdicke Ahornstämmchen, die sich gut schleißen ließen, zu stehlen. Mein Vater hatte großen Ärger wegen dieser Holzfrevler, und viele Reviergänge machte er nur ihretwegen. Einige Monate, nachdem Moosbichler Forstaufseher geworden war, fiel meinem Vater auf, daß von Muckl noch keine einzige Anzeige wegen Forstfrevel eingelaufen war, obwohl doch dessen Vorgänger jeden Monat einige Fälle gemeldet hatte. Deswegen fragte mein Vater eines Tages: »Sagen S' einmal, Moosbichler, warum krieg ich von Ihnen keine Forstrügeanzeigen?«

Treuherzig sah der gewaltige Muckl seinem Vorgesetzten in die Augen und sagte: »Im Gemeindewald stehlen s' nimmer, dö Lumpn, Herr Forstverwalter.«

»Das glauben Sie doch selber net, Moosbichler. Die Korbmacher stehlen immer wieder, und wenn sie schon zwanzigmal eingesperrt worden sind!«

Der Muckl kratzte sich verlegen hinter dem Ohr und erwiderte: »Ja, ja, wenn ma s' bloß ozoagt, nacha kemman s' freili immer wieder und sägn die schönstn Ahorn ab.«

Erstaunt fragte mein Vater: »Ja, und was tun denn Sie, wenn Sie einen Holzfrevler erwischen?«

»I?«, meinte der Muckl seelenruhig, »i hab bloß am Anfang a paar dawischt und die hab i dann mit meim Oachastecka so umanandlassn, daß sie alle Heilign angrufen ham. Dann hab i eahna no rechts und links a paar Watschn obaghaut, daß sie vierzehn Tag lang gschiaglt ham, und hab gsagt: ›Bal i enk noamal dawisch, laß i enk die Darm außa.‹ Seitdem laßt si in meim Revier koana mehr sehgn.« Mein Vater war entsetzt. »Moosbichler«, sagte er, »wenn Sie da einer anzeigt, kommen Sie wegen Körperverletzung vor Gericht, und da kann auch ich Ihnen nicht mehr helfen. Ich geb ja zu, daß Ihre Methode sehr wirksam ist, aber Sie dürfen auf keinen Fall Selbstjustiz üben. Das kann Sie Ihre Stellung kosten!«

»Mi zoagt koaner an, Herr Forstverwalter! Dö Lumpn wissen genau, daß i s' derbresln taat, bal s' ma Unannehmlichkeiten macha taatn. O mei, die taat i ja in der Mitt obrecha!«

»Moosbichler«, mahnte mein Vater, »als Forstaufseher sind Sie Hilfsbeamter der Staatsanwaltschaft, und als solcher dürfen Sie Ihre Befugnisse auf keinen Fall überschreiten. Schließlich leben wir ja nicht mehr im Mittelalter!«

Der Muckl versprach zwar, von nun an manierlicher mit den Holzdieben umzugehen, aber dieses Versprechen hatte er doch bald wieder vergessen. Eines Tages erzählte nämlich der Landarzt meinem Vater, daß er in Rohrdorf einen Patienten habe, der an einer Gehirnerschütterung darniederliege und an der Stirne mehrere blutunterlaufene Stellen habe. »Er sagt zwar«, meinte der Arzt, »er wäre vom Rad gestürzt. Aber seine Frau hat mir zugeflüstert, daß ihr Mann wahrscheinlich von deinem Forstaufseher Moosbichler verdroschen worden sei, denn auch ihr Schwager, der mit ihrem Mann im Wald war, habe Beulen und blaue Flecken an der Stirne.« Daraufhin stellte mein Vater den Muckl zur Rede: »Moosbichler, Sie haben wieder zwei Rohrdorfer Korbmacher verprügelt!?«

»Na, Herr Forstverwalter, gwiß net!«
»Moosbichler, Sie sollen mich net anlügen! Woher hat der Niederegger von Rohrdorf seine Gehirnerschütterung?«
»Hat si der Lump, der odraahte, eppa über mi beschwert?«, platzte der Muckl heraus, wobei er seine gewaltigen Pranken zu Fäusten ballte und wieder öffnete, als habe er den Niederegger schon zwischen den Händen. »I will's Eahna ganz ehrli sagn, Herr Forstverwalter, wia die Gschicht gwen is. Also – vorige Wochn triff i den rothaaratn Bazi und sein saubern Bruadern, wia s' grad dabei warn, Ahornstammerln z' fälln. Da hab i a solchane Sauwuat kriagt, hab den oan mit der rechtn Hand und den andern mit der linkn Hand am Gnack packt und hab eahna a paarmal die Kepf ananander gsteßn. Aber verprügelt hab i s' bestimmt net, Herr Forstverwalter, bloß die Kepf hab i eahna a bißl ananander gsteßn.«
»Was Sie schon unter ›einem bißl‹ verstehen, Moosbichler! Der Mann liegt seit acht Tagen im Bett, und der Doktor sagt, er muß mindestens noch vierzehn Tag bis drei Wochen liegen bleiben.«
»Der stellt si ja bloß so wehleidig an, Herr Forstverwalter. Im Wald draußd hat er aa so toa, als waar er ohnmächti und kunnt nimmer aufstehn. Und wiar i nacha gsagt hab: ›Wannst nur glei verreckn taatst, Lump odraahter‹, und mit meim Steckn a bißl umanandergfuchtlt hab, hat er si doch aufgrapplt und hat si von seim Bruadern fortführn lassn.«
Er hatte immer Glück, der gute Moosbichler, denn niemals bekam er wegen seiner Selbstjustiz Scherereien, weil die Betroffenen guten Grund hatten, den Mund zu halten, teils aus Furcht vor Moosbichler, teils deswegen, weil sie sich nicht den Hänseleien der Dorfbewohner aussetzen

wollten, und vor allem wohl auch darum, weil sie ja wegen der Holzdiebstähle bestraft worden wären. Mein Vater aber drückte gerne beide Augen zu, weil er den Standpunkt vertrat: Die Furcht erhält den Wald.

MOOSBICHLER AUF FREIERSFÜSSEN

Wenn sich in früheren Zeiten im Dorf ein Bursch und ein Dirndl darüber einig waren, daß sie sich lieben, dann machte das Mädl seinem Liebsten in der Nacht das Kammerfenster auf, oder sie gingen miteinander auf den Heuboden. So einfach aber war das seinerzeit bei dem Forstaufseher Moosbichler und seiner Agath nicht. Moosbichler war nämlich noch einfacher Holzhauer, und kein Mensch konnte wissen, daß er einmal Forstaufseher werden würde. Die Agathe Bachleitner aber war die Tochter des Dorfschmiedes, eines vermögenden und sehr angesehenen Mannes, der außer seiner Schmiede noch ein ansehnliches Bauernanwesen sein eigen nannte. Der Muckl dagegen besaß außer seinen kräftigen Arbeitshänden nur ein kleines Häusl mit ein paar Tagwerk Feld und Wiese und zwei Kühen. Zwar war das kleine Sachl in bestem Zustand, und das Häusl, in welchem er mit seiner alten Mutter lebte, blitzte vor Sauberkeit, aber die Landwirtschaft war zu klein, als daß sie eine Familie hätte ernähren können. Deshalb war der Muckl, wie vor ihm schon sein früh verstorbener Vater, gezwungen, als Waldarbeiter sein Brot zu verdienen. Moosbichler und seine Mutter waren kreuzbrave und sehr fleißige Leute, denen niemand im Dorf etwas Schlechtes nachsagen konnte. Aber auf dem Lande ist zwischen einem großen Bauern und einem kleinen Häusler ein sehr tiefer und breiter Graben, der kaum überbrückt werden kann. Aus diesem Grunde verlief die Liebesgeschichte zwischen dem Muckl und der Agath nicht einfach und unkompliziert, wie das sonst auf dem Lande üblich ist, sondern sie gestaltete sich zu einem kleinen Roman.

Die beiden waren schon als Schulkinder befreundet. Schon damals stand das Schmied-Deandl unter dem Schutz des kräftigen Moosbichler Muckl. Keiner der Schulbuben getraute sich gegen die Bachleitner Agath frech zu sein, denn es war schon ein paarmal vorgekommen, daß in einem solchen Fall die starken Fäuste des Muckl in Aktion getreten waren. Und wo der hinhaute, wuchs kein Gras mehr! Eines Tages wollte die Agath während der Pause einer Schulkameradin einen Apfel zuwerfen. Das andere Mädchen griff nach der in der Luft fliegenden Frucht, erwischte sie aber nicht, und der Apfel prallte an das Fenster und zertrümmerte die Scheibe. Die Agath wurde blaß und fing zu weinen an. Als der Muckl das sah, hatte er mit dem Dirndl großes Mitleid. Nachdem der Lehrer zu Beginn der nächsten Stunde das Schulzimmer betreten hatte, sah er gleich die Bescherung und fragte streng: »Wer hat das Fenster zerbrochen?« Noch bevor die verängstigte Bachleitner Agath sich melden konnte, war der Muckl schon aufgesprungen und brüllte: »I war's, Herr Lehrer!« Der Lehrer funkelte den kräftigen Buben durch die Brillengläser an und sagte: »So, du warst es? Wirst halt wieder gerauft haben!« Der Muckl zuckte nur mit den Schultern. Darauf der Lehrer: »Komm einmal raus, Bürscherl!« Furchtlos trat der Muckl vor den Lehrer hin. Der legte ihn über das Knie und zog ihm mit dem Haselnußsteckerl fünf kräftige Hiebe über die Sitzfläche. Die Agath schrie auf, und der Muckl ging nach der empfangenen Strafe stolz wie ein Spanier auf seinen Platz zurück. Sein Banknachbar flüsterte ihm zu: »Du werst vielleicht so a Depp sei, Muckl!« Der Muckl aber kam sich vor, als ob er zum Ritter geschlagen worden wäre.

Ja, es war schon so: Der Moosbichler-Bub liebte die kleine, zierliche Bachleitner-Agath, und sie liebte ihn. Es war eine tiefe, harmlose Kinderliebe. Jede freie Stunde verbrachten sie zusammen, streiften durch die Fluren und ließen auf dem Haselbach Schifferl schwimmen, die der Muckl aus Rinde schnitzte. Im Herbst hüteten sie miteinander das Vieh und brieten auf der Weide Kartoffeln an einem Feuerchen. Sie waren ein Herz und eine Seele.

Die Jahre vergingen. Der Moosbichler Muckl war ein großer, sauberer Bursch geworden, und die Bachleitner Agath ein lebensfrisches, hübsches Dirndl, dem alle Burschen gerne nachsahen. Sie waren nun keine Schulkinder mehr, sahen sich auch nicht mehr so oft, weil jedes seiner Arbeit nachgehen mußte, aber die Liebe war geblieben. Aus der harmlosen Kinderliebe war eine tiefe Zuneigung junger Menschen geworden. Sie hatten aber noch nie von ihrer Liebe gesprochen und sich noch nie geküßt. Der Muckl, dieser grundanständige, ritterliche Mensch wußte, daß die wohlhabende Bauerntochter nie für ihn, den kleinen Häusler, in Frage kommen konnte, und war daher sehr zurückhaltend. Die Agath hätte sich zwar gar nicht an der Armut des Muckl gestoßen und sie hätte ihn vom Fleck weg, auch gegen den Willen ihrer Eltern, geheiratet, jedoch als Mädchen konnte sie sich dem geliebten Burschen

doch nicht an den Hals werfen. Das verbot ihr das Gefühl für Schicklichkeit und Anstand, das jedem bäuerlichen Menschen angeboren und tief in ihm verwurzelt ist. Sie verkehrten freundschaftlich miteinander, aber es war in Wirklichkeit keine Freundschaft, sondern eine schmerzliche Liebe, die den Verzicht in sich barg.

Eines schönen Tages sagte der Schmied zu seiner Tochter: »Agath, du bist jetzt koa Kind mehr, du bist jetzt in dem Alter, wo d' ans Heiraten denkn muaßt. Du derfst di nimmer so vui mit'm Moosbichler Muckl sehgn lassn, denn sunst traut si ja koa ernsthafter Freier her. D'Leit denkn ja, ihr seids a Liebespaarl!«

Das Mädl war wie vom Donner gerührt. Es schluckte ein paarmal und fragte ungläubig: »I derf nimmer mit'm Muckl gehn? Is lei der Muckl net a kreizbraver Bursch?«

»Brav und fleißi is er scho, Deandl, da gibt's gor nix«, gab der Schmied zu. »Aber woaßt scho, wia d'Leit redn! Und es hat ja aa wirkli koan Wert net, du kimmst mit eahm bloß ins Gred und heiratn kannst'n ja do net, du, a Bauerntochter so an kloan Fretter!«

»Der Muckl hat mir vor a paar Tag verzählt, daß eahm der Herr Forstverwalter gsagt hat, er macht eahm im Hirgscht zum Rottmoaster«, wandte die Agath ein.

»Was is denn scho a Rottmoaster«, gab der Schmied zu bedenken. »A Rottmoaster is weiter nix wiar a Vorarbeiter! Und dös is do nix für a Bauerntochter, dös muaßt do eisehgn, Deandl! Schau, du kriagst fuchzehtausad Mark Heiratsguat mit, weil d' bloß oan Bruadern hast. Da kannst a guate Partie machn und in an schön Bauernhof eih'eiratn. Der Mandlmeier von Rohrdorf übergibt heier sein Hof an sein Buam, und der Beni taat di glei nehma, der siecht di scho lang gern. Is a schöns Sach, der Mandlmeier-Hof. Achtasechzg Tagwerk guate Gründ und sexazwanzg Stuckl Viech im Stall und vier Roß! Wenn d' den heiratst, bist guat gstellt, und i ko dann dem Michl aa mein Hof übergebn.«

»Hat er ebba scho um mi oghaltn, der Mandlmeier Beni?«

»Der alt Mandlmeier hat neiling mit mir gredt«, gab der Schmied zu.

»Nacha kannst eahm sagn«, erklärte das Mädchen wütend, »er soll si sein krummhaxatn Beni mitsamt seim Hof und seine sexazwanzg Stuckl Viech auf'n Huat auffisteckn. Den nimm i nia! Und wenn i fuchzehtausad Mark mitkriag, kunntn der Muckl und i den großn Acker und die Wiesn vom Wurzerbauern dazuakaffa und a paar guate Stuck Viech, dann hättn mir aar a guats Auskomma.«

Ärgerlich fuhr der Schmied auf: »Also, den Muckl schlagst dir aus'm Kopf, dös sag i dir! Koan Pfennig kriagst von mir, wenn d' den heiratst. Dös waar ja no schöner, a Bauerntochter und an Holzhauer heiratn! So was is ja no nia net dogwen. Dös kunnt dem so passn, dem Fretter, si oafach so in Fetthafn einihockn!«
Die Agath machte der unguten Auseinandersetzung ein Ende, indem sie weinend die Stube verließ und sich bis zum Abend in ihrer Kammer einschloß. Der Schmied aber besuchte nach Feierabend den Moosbichler Muckl in seinem schmucken Häusl. Er wurde sehr freundlich vom Muckl und dessen Mutter empfangen und mußte in der guten Stube Platz nehmen. Moosbichler holte aus dem Wandschrank eine Flasche Enzian und zwei Gläser und schenkte seinem Gast ein. Der Schmied redete zuerst nach

Bauernart über dies und jenes, bis er endlich nach einer Stunde auf den Kern der Sache kam. Obwohl der Muckl schon ahnte, was den Schmied zu seinem Besuch veranlaßt hatte, gab es ihm doch einen Stich ins Herz, als der Gast jetzt sagte:
»Muckl, i mecht di jetz amal was fragn, derfst mir's aber net übelnehma. Wia stehst du zu meim Deandl?«
Moosbichler sah dem Vater seiner Liebsten ehrlich in die Augen und antwortete: »Schmied, du woaßt as selm, daß die Agath und i scho als Kinder immer guat Freund warn, und an dem hat si nix gändert bis zum heitign Tag. Aber dös kann i dir schwörn, Schmied, i hab dei Deandl immer in Ehrn ghaltn, weil i woaß, daß die Tochter von am Bauern net für an Holzhauer gwachsn is. Und dös willst mir doch sagn, Schmied? Dös brauchst mir aber net sagn, denn dös woaß i selm!«
Erleichtert streckte der Schmied dem Muckl die Hand hin und sagte: »I hab's gwißt, daß du a Ehrenmann bist, Muckl! Und weil mi du verstehst, mecht i di no um oans bittn, aber versteh mi recht, Muckl, net daß d' moanst, i will di beleidinga: Laß di nimmer so oft mit der Agath sehgn, daß sie net ins Gred kimmt. Si is do jetzt in dem Alter, wo s' heiraten soll, und da solln d' Leit net moana, daß sie mit dir was hat.«
Der Muckl drehte das Enzianglas zwischen den Fingern hin und her und sagte leise und nachdenklich und ein wenig traurig: »Mach dir koane Sorgn, Schmied! Zweng meiner soll dei Deandl net ins Gred kemma! I will alles toa, was zu der Agath ihrm Bestn is. Und wenn d' moanst, daß's guat für sie is, wenn i s' nimmer triff, dann geh i ihr halt aus'm Weg!«

In dem Bewußtsein, einem braven Menschen sehr weh getan zu haben, machte sich der Schmied auf den Heimweg. Aber der Umstand, daß er erreicht hatte, was er wollte, erfüllte ihn mit tiefer Befriedigung. Der Egoismus des Bauern ließ keine Gewissensbisse aufkommen. Diese schwer arbeitenden Menschen können sich nicht mit so romantischen Dingen abgeben, wie es die Liebe ist. Für sie gilt mehr als für jeden anderen Beruf das Dichterwort: »Was du ererbt von deinen Vätern, erwirb es, um es zu besitzen!« Deswegen mag wohl der Sinn der Bauern für Besitz so stark ausgeprägt sein, weil sie so schwer schaffen müssen, um ihr Erbe zu erhalten. Sie denken in Geldbeträgen, Bodenfläche und Viehzahl. Bei der Wahl ihrer Ehepartner sehen sie mehr auf die Mitgift und die Tüchtigkeit als auf das angenehme Äußere. Zufrieden dachte der Schmied, daß nun der Weg zu einer guten Partie für seine Tochter frei sei. Er hatte jedoch die Rechnung ohne die Agath gemacht!

Drei Jahre waren nun seit dem Besuch des Schmiedes bei Moosbichler vergangen, und die Agath war immer noch ledig. Jeden Freier hatte sie brüsk abgewiesen, und wenn sie deswegen von ihren Eltern Vorwürfe bekam, sagte sie: »Wenn i mein Muckl net kriag, bleib i ledig. Da könnt's eich auf'n Kopf stelln!«

Da läutete eines Tages im Dorf das Sterbeglöcklein. Der Gemeindeforstaufseher war ganz plötzlich an einer Lungenentzündung gestorben. Drei Tage später war die Beerdigung. Die Frage der Nachfolge tauchte auf. Wer würde der neue Forstaufseher werden? Die Oberaufsicht über den Gemeindewald führte der angrenzende Staatsforstverwalter. Der hatte daher ein gewichtiges Wort bei der Neubesetzung des Postens mitzureden. Und da hieß es plötzlich, der Forstverwalter habe dem Bürgermeister nahegelegt, den Moosbichler Muckl zum Forstaufseher zu ernennen, denn auf den könne er sich hundertprozentig verlassen.

Als dieses Gerücht auch dem Schmied zu Ohren kam, ging er zum Bürgermeister und fragte: »I hab ghört, Burgermoaster, daß der Moosbichler Muckl der neie Forstaufseher werdn soll. Is da was Wahrs dro an der Gschicht?«

»Ja«, sagte der Bürgermeister, »der Forstverwalter legt Wert drauf, daß der Muckl den Postn kriagt. Er sagt, der Muckl is jetzt seit drei Jahr bei eahm Rottmoaster und er hat no nia koan so ordentlichn und fleißign Mo ghabt, wia den Muckl. Er is aa intelligent und energisch, sagt er, und vor allem zuverlässig.«

»Is nacha dös schon gwiß, daß er Forstaufseher werd, der Muckl?«, wollte der Schmied wissen.

»Da gibt's koan Zweifi«, stellte der Bürgermeister fest. »Oder woaßt du an andern, der dös macha kunnt? I wissat koan bessern. Der Muckl hat an guatn Ruf, is brav und fleißig und versteht was vom Wald. I muaß natürli no 'n Gmoarat fragn, aber so vui i bis jetzt ghört hab, is koana von dö Gmoarät dagegn. Die Anstellung wird sicher am Samstag in der Sitzung beschlossn.«

»Is der Muckl nacha Beamter?«, erkundigte sich der Schmied. »Und kriagt er dann später amal Pension?«

»Freili«, sagte der Bürgermeister. »Als Forstaufseher is er Gemeindebeamter und wenn er fimfasechzg Jahr alt is, kriagt er a Pension. Wenn er stirbt, kriagt sei Frau die Pension. Der hat a Sauglück, der Muckl. Aber i gunn's eahm, denn er is wirkli a braver und ordentlicher Mensch.«

Nachdenklich ging der Schmied nach dieser Unterredung

nach Hause, und als er die Agath im Hausflur traf, hielt er sie am Arm fest und sagte lachend: »Du dickschädlats Frauenzimmer, wenn d' dein Muckl no magst, dann heirat'n halt von mir aus! I leg dir nix mehr in Weg und dei Mitgift kriagst aa!« Dann gab er ihr einen Klaps auf den Rücken und ließ das verblüffte Dirndl stehen.

Am Abend ging die Agath ins Moosbichler-Häusl, um der alten Frau und dem Muckl zu der Anstellung zu gratulieren. Es war schon recht spät, als der Muckl seine Jugendliebe nach Hause begleitete. Beide waren sehr befangen und deshalb gingen sie schweigend nebeneinander her. Endlich fragte das Mädchen, als sie am Haselbach angekommen waren:

»Woaßt as no, Muckl, wia ma damals als Kinder die Rindnschifferl ham schwimma lassn?«

»Dös wer i nimmer wissn, Agath! Und woaßt as no, wia ma Kartoffeln bratn ham beim Viechhüatn?«

»Freili, Muckl, dös war doch unser schönste Zeit! Und woaßt as no, wia du di hast vom Lehrer durchhaun lassn, wiar i dös Fenster neigschmissn hab?«

Woaßt as no, woaßt as no, so schwelgten sie in den seligen Kindheitserinnerungen, bis sie plötzlich an dem großen Schmiedanwesen angekommen waren. Nun verstummten sie wieder und standen unschlüssig vor dem Gartentürl. Der Mond blinzelte durch die Wipfel der alten Linden. Schwer lastete das Schweigen über den beiden Liebenden, die sich nicht voneinander trennen konnten. Da flüsterte das Mädchen:

»Jetzt werst halt bald heiratn, Muckl?«

»Naa, Agath«, versicherte Moosbichler, »i heirat überhaupts net!«

»Warum net, Muckl?« fragte die Agath.

»Weil i dö, dö i mecht, net kriag«, antwortete er resigniert.

»Warum kriagst as net? Mogs di eppa net?«

»Dös woaß i net, obs mi mag. I habs no net gfragt und i frags aa net.«

»Warum fragst as denn net, Muckl?«

»Weil sie die Tochter von am großn Bauern is und i a kloaner Fretter bin.«

Da öffnete die Agath das Gartentürl und schloß es hinter sich fest zu, so daß sie nun innerhalb der schützenden Umzäunung stand und der Muckl draußen. Dann sagte sie:

»I taats halt doch amal fragn, dös Madl!«

»Naa, Agath, i trau mi net, woaßt, i will mir koan Korb holn!«

Da nahm die Bachleitner Agath allen Mut zusammen und sagte: »Warum glaubst nacha du, daß dös Madl die ganze Zeit auf di gwart hat, ha? Warum s' in dene drei Jahr jedn Freier abgwiesn hat? Woaßt du net, daß di dös Madl gern hat schon seit der Schulzeit her und daß du schon seit Jahr und Tag mit ihr verheirat sei kunntst, daß sie di gheirat hätt, a gegn den Willen ihrer Eltern? Und daß d' as woaßt: Seit heit mittag ham aa meine Eltern nix mehr dagegn!«

Dann griff sie über den Zaun nach Muckls Kopf und gab dem ganz verdonnert dastehenden Mann ein Bussl auf den Mund. Bevor der überglückliche Muckl noch zu sich kam, stellte die Agath sachlich fest: »O mei, Muckl, du werst vielleicht so a Rindviech sei!« Dann drehte sie sich um und lief schnell ins Haus.

Drei Monate später war die Hochzeit.

DER KURIERTE SCHWARZFISCHER

Durch den Gemeindewald von Hartering schlängelt sich der Haselbach. Das Fischrecht in diesem Gewässer hatte mein Vater von der Gemeinde gepachtet, weil er begeisterter Sportfischer war. Der Haselbach, der gemütlich in vielen Kurven und Kehren durch den Auwald fließt, ist mit seinen zahlreichen Gumpen ein ideales Fischwasser. In den tiefen Gumpen standen Waller; und unter dem unterspülten Wurzelwerk der Bäume lauerten Hechte auf Beute. Mächtige Aitel und große Brachsen kreuzten in den kaum fließenden, weiten Ausbuchtungen, und zu der Zeit des Barbenzuges stand auf dem Bachgrund eine Barbe neben der anderen.

Von diesem Fischreichtum wußte auch der Angerer Sepp, der beim Müller Knecht war. Eines Tages war er damit beschäftigt, auf der kleinen Bahnstation Mehlsäcke in einen Waggon zu verladen, und da sah er, wie mein Vater mit dem Arzt und dem Lehrer in den Nachmittagszug nach Ingolstadt einstieg und wegfuhr. »Aha«, dachte der Sepp, »die fahren in die Stadt zum Gesellschaftsabend, also ist heut die Luft am Haselbach rein!«

Ein paar Stunden später saß also der gute Sepp mit seinem primitiven Angelzeug neben einer dicken Esche am Bachrand und bot den Barben fette Regenwürmer an. Bald schon hatte er den ersten Biß und gleich darauf lag eine zweipfündige Barbe neben ihm im Gras. Dieser Erfolg gab dem Unternehmungsgeist des Sepp einen gewaltigen Auftrieb. Schnell war der Angelhaken neu beködert, und der Angerer fischte mit solcher Hingabe, daß er nur mehr für das Wasser Augen hatte und seine Umgebung vollkom-

men außer acht ließ. Als er sich schon der Stelle genähert hatte, wo der Haselbach in die Donau mündet, betrug seine Beute bereits drei Barben. Jetzt aber hatte ein großer Aitel gebissen. Bei dem Versuch, ihn zu landen, kam der sich stark wehrende Fisch in versunkenes Astwerk und dabei riß das Vorfach ab. »Bluatsa, Sauviech, mistigs«, rief der Sepp dem Aitel nach, als er ihn in den Wasserpflanzen verschwinden sah. Mit fieberhafter Eile befestigte er einen neuen Haken an der Schnur und war so in diese Tätigkeit vertieft, daß er nicht bemerkte, wie sich ihm das Verhängnis nahte in Gestalt des herkulischen Forstaufsehers Moosbichler. Der hatte den Sepp schon eine Weile beobachtet und schlich nun wie ein Indianer von Baum zu Baum auf den Schwarzfischer zu. Gerade, als Sepp einen Wurm an den Haken spießen wollte, fuhr ihm die gewaltige Pranke des Forstaufsehers ins Genick, so daß den Angerer vor Schreck beinahe der Schlag getroffen hätte.
Was nun mit dem Sepp passierte und wie ihm die Lust zum Schwarzfischen ein für allemal ausgetrieben wurde, geht aus dem Bericht hervor, den Moosbichler meinem Vater am nächsten Tag erstattete.
Als der Forstaufseher den Vorfall meldete, meinte mein Vater: »Hoffentlich haben Sie den Mann net wieder halb erschlagen, Moosbichler, wie neulich den Holzdieb!«
»Naa, Herr Forstverwalter, gschlagn hab i'n gar net, bloß a bißl Wasser hab i eahm saufa lassn.«
»Wasser haben Sie ihn saufen lassen?«
»Ja, i hab eahm am Gnack packt und hab eahm sei Gsicht in Boch einidruckt. Und wenn er si dann nimmer grührt hat, hab i eahm a bißl Luft holn lassn, und dann hab i eahm wieder einidruckt. Beileifi a Viertelstund hab i so

mit eahm toa. Dann hab i'n si a bißl erholn lassn, weil er scho halbert verreckt gwen is, und dann hab i eahm ganz in Boch einigschmissn. Er is dann am andern Ufer außergraklt und hoamgrennt. So hab i no koan renna sehgn wia den! I sag Eahna, der ist groast, als wenn der Teifi hinter eahm hergwen waar. Der fischt bestimmt nimmer in Eahnam Wasser, Herr Forstverwalter!«

MOOSBICHLER UND DER OBSTDIEB

Unser Forsthaus war vier Kilometer von dem Dorf Hartering entfernt und stand ganz allein mitten im Wald. In unserem Garten und um das eingefriedete Grundstück herum wuchsen viele Obstbäume, und zwar ganz hervorragende Sorten. Es war nun ein paarmal vorgekommen, daß uns nachts Obst gestohlen wurde. Dies hatte mein Vater seinem treuen Forstaufseher Moosbichler so nebenbei einmal erzählt.

Es war zur Zeit der großen Sommerferien, und ich war deshalb zu Hause. Mein Zimmer und das Schlafzimmer meiner Eltern lagen nebeneinander. Natürlich schliefen wir in den warmen Sommernächten bei geöffneten Fenstern. Da wurden wir in einer mondhellen Nacht plötzlich durch einen Schuß aus dem Schlaf geschreckt, der in unmittelbarer Nähe gefallen war. Ihm folgte das mörderische Schmerzgeschrei eines Mannes und gleich darauf erdröhnte Moosbichlers Baß: »Brauchst net moana, daß di der Herr Forstverwalter naufgschossn hat, dös war i, der Moosbichler Muckl! – Und jetzt schaug, daß d' weiterkimmst, sunst daschlag i di no!«

Wir waren zu den Fenstern gestürzt, und da sahen wir den guten Moosbichler in der mondbeschienenen Wiese stehen, wie einen Gott der Rache. Vor seinen Füßen wand sich stöhnend und jammernd ein Mann im Gras, der sich jetzt mühsam erhob und in grotesken Sprüngen das Weite suchte. Dröhnend lachte der Muckl hinter ihm her.
Mein Vater, der zu Tode erschrocken war, weil er dachte, der Forstaufseher habe den Mann schwer angeschossen, rief Moosbichler herein und stellte ihn zur Rede: »Moosbichler, was haben S' jetzt wieder angestellt? Wie kommen Sie überhaupt mitten in der Nacht hierher?«
»Sie habn mir doch vorige Wochn verzählt, Herr Forstverwalter, daß Eahna nachts öfter Obst gstohln werd. Da hab i mi jetzt a paar Nächt in der altn Hollerstaudn an der Gartenmauer angsetzt und heit hab i 'n dawischt, den luftgselchtn Bazi.«
»Aber wegen der paar Birnen und Äpfel schießt man einen Menschen doch net gleich nieder«, rügte mein Vater.
»A wo, dös macht eahm nix, Herr Forstverwalter. I hab aus zwoa Schrotpatronen die Schröt raus und hab's dafür mit grobm Salz und ganz kurz gschnittne Schweinsborstn gladn. Die hab i eahm auf zehn Schritt Entfernung in Hintern neigschossn, wiar a si grad buckt hat. Der kon jetz bloß vierzehn Tag lang net sitzn, bis die Schweinsborstn oanzeln ausgeitert san. I laß do Eahna net von dem Falodn Eahna Obst stehln!«
»Also, auf Ideen kommen Sie, Moosbichler — schrecklich«, stöhnte mein Vater. Er war aber doch gerührt ob der Treue seines Untergebenen, der sich die Nächte um die Ohren geschlagen hatte, um das Eigentum seines Chefs zu schützen, obwohl das kein Mensch verlangt hatte.

»Kommen S', Moosbichler«, sagte mein Vater, »auf den Schreck müssen wir einen Schnaps trinken!«
Der Muckl trank also einige Stamperl Enzian und unterstrich jeden Schluck mit einem wohligen Grunzen. Nun bot ihm mein Vater auch eine hochfeine Zigarre an. Mit einem »I-bin-so-frei« angelte Moosbichler mit seinen klobigen Fingern eine aus dem dargebotenen Kistl, zog seinen Tabakbeutel aus der Tasche und krümelte sie ganz fein in seinen fürchterlich stinkenden Pfeifentabak. Mein Vater sah dieser Barbarei mit großen, runden Augen zu und verließ dann schnell für einen Augenblick das Zimmer, weil er das Lachen nicht mehr verbeißen konnte.
Nachdem er wieder hereingekommen war, sagte er: »Und was ich noch sagen wollt, Moosbichler – den alten Sechserbock am Eschenbergl, den dürfen Sie schießen.«
Was jetzt kam, brachte meinen Vater in arge Verlegenheit. Die Dankbarkeit Moosbichlers brach alle Dämme und machte sich Luft in den Worten:
»Naa, Herr Forstverwalter, is wahr, i derf wirkli an Rehbock schiaßn? Und dazua no den Guatn vom Eschenbergl? Herr Forstverwalter, jetz muaß i's Eahna amal sagn: Sie san für mi der Herrgott selber! Gwiß is wahr, derfn S' mei Frau fragn! Agath, sag i allaweil, der Herr Forstverwalter is unser guater Geist, sag i. Heit no waar i a oafacher Holzhauer, wenn Sie si net so um mi angnommen hättn. Und wir betn a jedn Tag für Sie und Eahna Frau und Eahnan Sohn. Derfn Sie s' fragn, mei Agath, ob's net wahr is. So, dös hab i Eahna amal sagn müaßn – und jetz pfüad Eahna God, Herr Forstverwalter!«
Mit langen Schritten verließ der Muckl das Forsthaus, noch bevor mein Vater ein Wort sagen konnte.

DER WILDERNDE HUND

Der Grünberger Bene, ein sehr angesehener Bauer von Hartering, hatte einen Hofhund. Es war ein großer Schäferhund-Bastard, ein vorzüglicher, scharfer Hofwächter, der jeden Einbrecher in seine Einzelteile zerlegt hätte. Deshalb hatte der Bauer auch an seinem Gartentürl ein Schild angebracht mit der Aufschrift: »Vorsicht, bissiger Hund!« Leider aber hatte dieser Köter die unangenehme Eigenschaft, daß er immer, wenn er entwischen konnte, schnurstracks in den Wald lief und Wild hetzte. Mein Vater, der die Gemeindejagd gepachtet hatte, war aber nicht gesonnen, diesem Treiben untätig zuzusehen, und er drohte daher dem Bauern an, daß er den Hund erschießen würde, wenn er ihn noch einmal in seinem Jagdgebiet antreffen sollte. Der Grünberger versprach zwar, dafür zu sorgen, daß sein Rex nicht mehr streunt, aber einige Tate später war der Wilderer doch wieder im Revier. An diesem Tag hatte der Hund jedoch noch einmal Glück, denn er war gerade noch rechtzeitig im Gebüsch verschwunden, bevor ein Schuß abgefeuert werden konnte. Jetzt wurde es meinem Vater aber zu dumm, und er ging zum Bürgermeister, um sich zu beschweren.

»Herr Bürgermeister«, sagte er, »ich möcht Sie schon bitten, dafür zu sorgen, daß die Leut ihre Hund net dauernd streunen lassen. Das ist ein unhaltbarer Zustand! Dem Grünberger sein Trumm Wolfshund treibt sich dauernd im Revier herum, obwohl ich den Mann jetzt schon zweimal gewarnt hab. In den letzten drei Wochen hab ich zwei gerissene Rehe gefunden. Ich werde von jetzt an jeden Hund, den ich im Revier antreffe, unweigerlich erschießen!«

Der Bürgermeister, ein biederer Bauer, sah das ein: »Da ham S' ganz recht, Herr Forstverwalter, dös geht wirkli net! I werd dafür sorgn, daß dös aufhört! – Wissen S', was i tua? I laß vom Schreiner an jedm Dorfausgang a Schild aufstelln, wo draufsteht, daß freilaufende Hund im Wald erschossn wern.«
Einige Tage später stand an jedem der drei Dorfausgänge je eine Tafel mit der Aufschrift:

»Wer seinen Hund im Wald
frei laufen laßt, wird
e r s c h o s s e n !«

Der Lehrer machte den Bürgermeister darauf aufmerksam, daß man diesem Text entnehmen müsse, nicht der Hund, sondern der Hundebesitzer würde erschossen. Es müsse heißen: »Hunde, die im Walde streunen, werden erschossen.« Daraufhin ließ das Gemeindeoberhaupt die Schilder wieder abnehmen und den Text ändern. Um aber nicht die ganze Tafel überstreichen und neu beschriften zu müssen, ließ er nur eine Zeile anfügen, die jedes Mißverständnis ausschalten sollte. Als die Schilder wieder an ihren Plätzen angebracht waren, verkündeten sie:

»Wer seinen Hund im Wald
frei laufen laßt, wird
e r s c h o s s e n !
Der Hund!«

Aber trotz dieser Warnung jagten die Dorfköter lustig weiter, denn sie konnten nicht lesen. Nur für den Pfahl, an dem das Schild befestigt war, interessierten sie sich und versäumten es nie, auf ihrem Weg zum Wald dort für einen Augenblick anzuhalten und das Bein zu heben. Die Bauern aber scherten sich keinen Deut um die bürgermeisterliche Drohung. Deshalb sagte der Forstaufseher Moosbichler zu meinem Vater:

»Wissen S' was, Herr Forstverwalter? I daschiaß jetz jedn Hund, den wo i im Gemeindewald antriff! Dann wern die Rammeln ihre Sauviecher glei ohenka. Da muaß amal a Existempl stationiert wern!«

»Nein, Moosbichler«, wehrte mein Vater ab, »das dürfen Sie auf keinen Fall! Sie, als Angestellter der Gemeinde, sollen sich mit den Leuten unter keinen Umständen wegen meiner Jagd verfeinden! Ich werd in meinem Jagdrevier schon selber Ordnung schaffen und Exempel statuieren!«

Moosbichler machte eine abwehrende Handbewegung und erwiderte: »Dös is mir ganz wurscht, ob mi die Leit anfeinden oder net. Übrigens erfahrn die ja net, wenn i so a Mistviech derschossen hab. I grab's ei oder schmeiß's in d' Donau! Dann is er oafach weg, der Tyras oder der Zamperl. Wer will mir da was nachweisn?«

»Also, Moosbichler«, erklärte mein Vater bestimmt, »es ist ja sehr nett von Ihnen, daß Sie sich für meine Interessen einsetzen wollen, aber ich verbiete Ihnen, auf einen Hund zu schießen! In Ihrem eigenen Interesse verbiete ich Ihnen das! Ich schieße die Hunde schon selber ab, denn ich bin auf die Gemeinde nicht angewiesen.«

Eines Tages nun jagte der Wolfshund des Grünberger wieder und hatte das Pech, meinem Vater schußgerecht vor die Flinte zu kommen. In der nächsten Sekunde hatte der

Bauer keinen Hofhund mehr und die Rehe hatten wieder ihre Ruhe.
An einem Samstagabend, an dem auch Moosbichler im Dorfwirtshaus ein paar Halbe Bier trank, hörte er, wie am Nebentisch der Grünberger fürchterlich über den Forstverwalter schimpfte, weil er ihm seinen Hund erschossen hatte. Ohne ein Wort zu sagen, erhob sich nach einer Weile der riesenhafte Forstaufseher, ging zum Tisch des Krakeelers, packte den Bauern am Kragen, zerrte ihn zur Tür hinaus und warf ihn draußen im Hof mit einem Schwung in die Jauchegrube, die bis oben hin voll war. Dabei rief er ihm nach: »So, da drin kannst weiterschimpfa, wann d' net grad dei Maul voll Baaz hast!«
Mein Vater hatte dann alle Hände voll zu tun und mußte seinen ganzen Einfluß geltend machen, damit diese Geschichte für den treuen Moosbichler keine schlimmen Folgen nach sich zog.

DER SCHEINTOTE FUCHS

Es war ein wunderschöner Wintertag. Stahlblau wölbte sich der Himmel über den Auen und der Schnee glitzerte in der Sonne. In der Donau trieben Eisschollen, die sich knirschend aneinanderrieben, sich an den Ufern über- und untereinanderschoben, um dann klatschend wieder in den Strom zu stürzen. Wie große Wattebausche lag der Schnee auf allen Ästen und Zweigen. Ab und zu stürzte mit dumpfem Aufschlag eine Schneelast zu Boden und der befreite Ast schnellte nach oben. Im Wald war es still wie in einer Kirche. Nur das feine Zirpen von Schwanzmeisen war zu hören und das leise Knarren des Schnees unter den Sohlen. Das war so recht ein Tag für eine kleine Fuchsjagd!

Wir waren nur wenige Schützen und einige Treiber. Ganz leise umstellten wir das erste Treiben, eine große Dickung aus Weißerle, Weiden, Schwarzdorn und Traubenkirsche. Die Treiber hatten von meinem Vater die Anweisung, ohne jeden Lärm durch die Dickung zu gehen. Nur räuspern sollten sie sich ab und zu und von Zeit zu Zeit mit dem Stecken leicht an die Bäume schlagen.

Ich stand am Rand einer kleinen Lichtung, wo ich einigermaßen gutes Schußfeld hatte. Es hieß höllisch aufpassen, denn bei dem weichen Schnee, der jedes Geräusch schluckte, hörte man das Wild nicht kommen. Ungefähr eine Viertelstunde schon stand ich regungslos an meinem Platz und spähte wie ein Luchs nach links und rechts. Schon näherten sich die Treiber, denn ich vernahm da und dort das leise Anschlagen der Stecken. Nun rechnete ich nicht mehr mit dem Auftauchen eines Fuchses, denn erfahrungsgemäß lassen die Füchse die Treiber nicht so nahe an sich herankommen. Da fiel bei meinem linken Nachbarschützen ein Schuß. Gleich darauf preschte aus der Dickung in einem Höllentempo ein kapitaler Fuchs und versuchte, zwischen meinem linken Nachbarn und mir die Lichtung zu überqueren. Im Schrothagel meines schnell hingeworfenen Schusses roullierte der rote Freibeuter im Schnee und blieb mausetot liegen.

Als die Treiber aus dem Buschwerk herauskamen, nahm der Forstaufseher Moosbichler, der mein rechter Nachbarschütze war, den Fuchs an den Hinterläufen auf und warf ihn sich über die Schulter, so daß der Fuchskopf an der

Stelle baumelte, auf der Moosbichler zu sitzen pflegte. Kaum waren wir an dem Platz angekommen, von wo aus wir das nächste Treiben angehen wollten, und wo die Schützen und Treiber schon versammelt waren, stieß Moosbichler einen gräßlichen Schrei aus, schleuderte den Fuchs in weitem Bogen von sich und führte einen Indianertanz auf, wobei er greulich fluchte. Der Fuchs aber war mit wehender Standarte in der nächsten Dickung auf Nimmerwiedersehen verschwunden. Moosbichler tanzte immer noch herum, rieb mit beiden Händen sein Hinterteil und schrie:

»Dös Mistviech, dös verdammte, hat mi in Hintern neibißn – au, o mei, o mei, der Teifi, der verreckte! Direkt am Hintern hat er mi dawischt! Da mögst do glei verreckn! So was – und furt is a jetz aa, der Krüppe, der elendige!«

Als wir uns von unserer ersten Überraschung erholt hatten, brachen Schützen und Treiber in schallendes Gelächter aus. Wahrscheinlich hatte der Fuchs nur ein Streifschrot am Rücken oder an den Kopf bekommen und war auf Moosbichlers Rücken erst wieder aus der Ohnmacht erwacht. Natürlich hatte der gute Moosbichler Muckl nun für den Spott nicht zu sorgen. Am schlimmsten trieb es ein alter, pensionierter Wegmacher, der es sich trotz seines hohen Alters nicht nehmen ließ, bei jeder Jagd als Treiber zu fungieren.

»Wia's eahm nur net graust hat, dem Fuxn, in dein Hintern z'beißn, Muckl«, stichelte er. »Pfui Teifi, mir waar's gnua! I taat's net für an Hektoliter Bier und an Zentner Schmai!«

»Du kost ma'n lecka, Wegmacher, damischer«, lud Muckl ein.

»Naa, Muckl, dös mecht i aa net«, spöttelte der Wegmacher weiter. »Woaßt, i denk mir halt, du hast eahm oblasn, den Fuxn, denn so a Mailüfterl von dir weckt an jedn Totn wieder auf!«
In diesem Ton ging es noch lange weiter, und noch nach Jahren wurde der arme Moosbichler wegen seines Fuchserlebnisses aufgezogen.

DER LÄDIERTE PROFESSOR

Mein Onkel Maximilian, der Bruder meiner Mutter, war von Beruf Professor für neuere Sprachen an einem bayerischen Gymnasium. Da er unverheiratet, leidenschaftlicher Sportfischer und Jäger war, verbrachte er einen großen Teil seiner Ferien in unserem Forsthaus. Diesen Besuchen meines Onkels sah ich immer mit recht gemischten Gefühlen entgegen, obwohl er ein sehr netter Mann war. Aber ich war seinerzeit Gymnasiast, und als solcher hat man an und für sich eine gewisse Aversion gegen Studienprofessoren. Warum ich aber meinen Onkel Maximilian lieber abreisen als kommen sah, hatte noch einen tieferen Grund. Der Onkel sprach mit mir nämlich prinzipiell nur französisch, und ich mußte ihm in dieser Sprache antworten. Das war für mich natürlich so lange sehr mühsam, bis ich diese schöne Sprache einigermaßen beherrschte, und ich wich daher dem Onkel aus, wo ich nur konnte. Aber noch viel schlimmer war, daß er mir fast jeden Tag ein bis zwei Stunden Lateinunterricht gab, weil sowohl meine Eltern als auch der Onkel glaubten, daß meine Note in diesem Fach besser sein dürfte. Man wird also verstehen, daß der

Onkel für mich eine schwarze Wolke an meinem blauen Ferienhimmel war.
Diese Wolke wurde aber einmal während der großen Sommerferien von einem Sturm vertrieben, den der gute Forstaufseher Moosbichler entfacht hatte.
Ich habe schon erwähnt, daß Onkel Maximilian ein leidenschaftlicher Jäger war. Leider aber war er ein wenig schußhitzig. Beim Anblick von Wild wurde er derartig vom Jagdfieber gepackt, daß er einmal einen Rehbock schoß, den jeder waidgerechte Jäger als Zukunftsbock am Leben gelassen hätte. Mein Vater kannte in dieser Beziehung aber keinen Spaß und ließ seinen Schwager von da an nie mehr ohne Aufsicht die Jagd auf Rehwild ausüben. Entweder begleitete er ihn selbst oder er beauftragte seinen treuen Forstaufseher Moosbichler, den Onkel zu führen.
Eines Tages sagte mein Vater zu dem Forstaufseher: »Moosbichler, ich hab meinem Schwager den Bock mit der verbogenen Stange in der Felberschütt freigegeben. Setzen Sie sich heut abend mit ihm dort an. Sorgen Sie aber dafür, daß er keinen anderen Bock schießt, besonders nicht den kapitalen Sechserbock, der auch dort in der Nähe seinen Einstand hat und Ihnen beim Blatten kommen könnte. Das ist nämlich der ideale Zuchtbock, den ich unter allen Umständen am Leben lassen möchte. Sie wissen, mein Schwager ist ein wenig schnell mit dem Funkenreißen!«
»Brauchen S' koa Sorg net habn, Herr Forstverwalter«, beruhigte Moosbichler, »i paß scho auf, daß der Herr Dokta koan falschn Bock net schiaßt. Do feit si nix!«
Am Spätnachmittag zog also Onkel Maximilian mit Moosbichler los und am Abend, nach Einbruch der Dunkelheit,

kam er ohne den Forstaufseher zurück. Aber wie sah der gute Onkel aus! Am Kopf hatte er eine große Beule und sein Gesicht war bleich und verzerrt vor Wut.

»Was ist denn passiert, Maximilian?«, fragten meine Eltern besorgt.

Der Onkel setzte sich in einen Sessel, stützte den Kopf in die Hand und sagte zunächst gar nichts. Erst als ihm meine Mutter über den Arm strich und ihn bat, doch zu erzählen, sagte er: »Dieser Moosbichler ist kein zivilisierter Europäer, sondern ein Wilder! Ein grober Lackl in der höchsten Potenz!«

»Du willst damit doch nicht etwa sagen«, fragte mein Vater, »daß du die Beule von Moosbichler hast, daß er dir also auf den Kopf geschlagen hat!«

»Doch, genau das will ich sagen!«, erwiderte Onkel Maximilian. »Ich will mich sogar noch etwas präziser ausdrükken: Dieses Individuum hat mir die Krücke seines Eichenknüppels mit aller Wucht auf den Kopf gedroschen. Wenn du bedenkst, daß ich den Hut aufhatte, und trotzdem eine Beule habe, so groß wie ein Taubenei, kannst du dir einen Begriff davon machen, wie dieses Ungeheuer zugeschlagen hat.«

Meine Eltern waren entsetzt. Mutter zwang ihren wütenden Bruder, einen Schnaps zu trinken, und dann mußte er erzählen, wie sich der Fall abgespielt hatte.

»Das ist schnell erzählt«, meinte der Onkel. »Moosbichler ging mit mir zur Felberschütt, und dort suchten wir einen Ansitzplatz, von wo aus man gute Sicht auf den Schlag hatte. Ich setzte mich auf einer kleinen Anhöhe auf einen Baumstumpf und Moosbichler nahm einen Schritt hinter mir Platz. Es war ausgemacht, daß er mich anstoßen sollte,

wenn der Bock kommt, den ich schießen durfte. Nach einer halben Stunde fing Moosbichler an zu blatten. Es war noch ganz hell, als es gegenüber von unserem Sitz im Gebüsch knackte und ein kapitaler Sechserbock mit sehr hohem Gehörn auf den Schlag herauszog. Dort verhoffte er und trat dann unschlüssig herum. Endlich begann er, an den Stockausschlägen zu äsen. Ich hörte Moosbichler hinter mir flüstern: »Net schiaßn, Herr Dokta, dös is net der richtige!« Zum Zeichen, daß ich verstanden hatte, nickte ich mit dem Kopf. Kurz darauf flüsterte Moosbichler: »Ja net schiaßn, Herr Dokta!« Ich drehte mich halb zu ihm um und nickte wieder. Der Bock zog suchend auf dem Schlag umher. Da hörte ich abermals: »Net schiaßn!« und gleich darauf wieder: »Ja net schiaßn, i sag's Eahna!« Erst, als ich mit der Hand eine ungeduldige, abwehrende Bewegung machte, verstummte Moosbichler. Nach einiger Zeit stand der Bock einmal ganz frei und breit ungefähr achtzig Meter von mir entfernt auf der Lichtung. Ich wollte ihn durch das Zielfernrohr näher betrachten und schlug daher das Gewehr an. In diesem Augenblick bekam ich einen Schlag auf den Kopf, daß es mir ganz schwarz vor den Augen wurde. Ich fuhr herum und schrie Moosbichler an: »Was fällt Ihnen ein, Sie unverschämter Mensch?!«
Da sagte er: »Entschuldign S' scho, Herr Dokta, aber i hab Eahna doch gsagt, Sie solln net schiaßn!«
»Ich wollte doch den Bock nur durch das Zielfernrohr betrachten!«, sagte ich.
»I hab aber gmoant, Sie wolln schiaßn, weil S' anglegt ham und drum hab i Eahna a wengerl antupft. Was moanan S', wia mi der Herr Forstverwalter gschimpft hätt, wenn Sie den Bock gschossn hättn!«

»Als ich dann sagte, er würde vom Herrn Forstverwalter noch was ganz anderes zu hören bekommen, wenn er erfährt, daß sein Forstaufseher seinen Schwager und Jagdgast geschlagen hat, wurde er noch unverschämt und sagte, ich solle wegen dem leichten Tatscherl kein solches Theater machen, und er glaube mir nie, daß ich nur durch das Zielfernrohr schauen wollte. Ich hätte bestimmt geschossen, wenn er nicht im letzten Moment eingegriffen hätte. Diese Unterstellung habe ich mir natürlich ganz energisch verbeten und bin dann gegangen. Auf dem Heimweg habe ich mich im Walde noch verlaufen und bin deswegen so spät gekommen.«

Ich zog mich in die dunkelste Ecke zurück, preßte das Taschentuch an den Mund und kämpfte einen heroischen Kampf mit Zwerchfell und Lachmuskeln. Mein Vater war gewiß nie taktlos, aber die Schilderung meines Onkels war so überwältigend komisch, daß auch mein Vater nicht länger an sich halten konnte und so lachte, daß ihm die Tränen in die Augen kamen. Ich fiel schallend in Vaters Gelächter ein.

Mutter sah uns verweisend und strafend an. Die Reaktion, die unsere Heiterkeit bei Onkel Maximilian auslöste, war für Vater sehr peinlich, für mich jedoch äußerst erfreulich. Der lädierte Pädagoge starrte uns zunächst sprachlos an, dann stand er auf und sagte zu meinem Vater:

»Daß das für deinen Lausbuben – damit meinte er mich – ein Gaudium ist, habe ich nicht anders erwartet. Daß aber du, als gebildeter Mensch, über dieses unerhörte Benehmen deines verwilderten Forstaufsehers lachen kannst, dafür habe ich kein Verständnis! Ich werde morgen mit dem ersten Zug abreisen!«

Mein Vater entschuldigte sich: »Bitte, Maximilian, nimm es mir nicht übel, daß ich hab lachen müssen, aber du hast die Moritat so komisch geschildert, daß ich nicht hab ernstbleiben können. Natürlich ist Moosbichler zu weit gegangen, und ich werde ihn deswegen morgen auch zur Rede stellen.«
»Nun«, erwiderte der Onkel, »ich kann daran nichts Komisches finden, wenn ich von deinem Untergebenen geschlagen werde. Das ist ein unerhörtes Benehmen. Schließlich bin ich ja kein Holzdieb!«
Onkel Maximilian war so beleidigt, daß er tatsächlich am nächsten Morgen abreiste, obwohl meine Eltern nichts unversucht ließen, ihn wieder zu versöhnen.
Moosbichler, der doch ein schlechtes Gewissen hatte, kam am Vormittag ins Forsthaus und sagte kleinlaut: »Herr Forstverwalter, i möcht Eahna Bericht erstattn, wia die Gschicht gestern gwen is mit'm Herrn Professa!«
Mein Vater war ziemlich wütend und fuhr den Forstaufseher an: »Also, wissen Sie, Moosbichler, ich hab volles Verständnis für Originalität, aber was Sie sich gestern geleistet haben, geht entschieden zu weit! Wie kommen Sie dazu, meinem Schwager Ihren Eichenknüppel auf den Kopf zu hauen? Es hätte doch wirklich andere Möglichkeiten gegeben, ihn am Schießen zu hindern!«
»Naa, Herr Forstverwalter, i hab wirkli koa anderne Möglichkeit net ghabt. I bin zu weit hinter eahm gsessn und hab'n deszweng net mit der Hand derglanga könna; sunst hätt i eahm dös Gwehr weggrissn. I hab a solchane Angst ghabt, daß er schiaßt, weil's eahm vor lauter Jagdfieber scho die ganz Zeit umananderbeitlt hat. Und Sie habn mir doch extra angschafft ghabt, daß i eahm koan andern Bock

als den mit der krumma Stanga schiaßn lassn soll. In meiner Not hab i eahm dann mit meim Steckn a Tatscherl auf'n Kopf nauf gebn. Dös war Notwehr! I hätt mi Eahna ja nimmer unter d' Augn traut, wenn der Herr Dokta den Bock gschossn hätt.«

»Soo«, sagte mein Vater, »aber wenn Sie meinem Schwager einen Prügel über den Schädel hauen, dann trauen Sie sich mir schon unter die Augen?!«

»Aber, Herr Forstverwalter, i hab doch bloß toa, was Sie mir angschafft habn. Dös war doch mei Pflicht«, verteidigte sich Moosbichler.

»Jetzt brauchen Sie bloß noch sagen«, entgegnete mein Vater, »ich hätt Ihnen aufgetragen, meinen Schwager zu schlagen!«

»Naa, dös habn S' natürli net gsagt, aber i sollt dafür sorgn, daß er koan falschn Bock net schiaßt, habn S' gsagt. Und i hab ja aa net arg zuagschlagn, bloß a kloans Tatscherl hab i eahm auf'n Hut naufgebn – mit allem Respekt, sozusagn.«

»Soo, mit allem Respekt«, sagte mein Vater. »Der Respekt war immerhin so groß, daß mein Schwager eine Mordsbeule unter dem Hut hatte. Ich muß mich wohl noch bei Ihnen bedanken, daß Sie ihm net mit allem Respekt den Schädel zertrümmert haben?«

Moosbichler machte ein ganz unglückliches Gesicht und seufzte: »Mei, Herr Forstverwalter, is mir jetz dös zwider! Jetzt san S' mir gwiß harb – und i will doch bestimmt nur dös toa, was zu Eahnan Bestn is!«

Mein Vater legte dem goldtreuen Forstaufseher die Hand auf die Schulter und tröstete ihn: »Nein, Moosbichler, ich bin Ihnen net bös. Ich weiß, daß Sie ein treuer und guter

Mensch sind. Aber müssen Sie denn immer gleich so gewalttätig sein?«

»Ja mei, Herr Forstverwalter«, sagte Moosbichler, »da san halt meine Pratzn dran schuld. Wann i da wo hinhau, wachst koa Gras nimmer. I hab halt net dös rechte Gfühl in dene Händ. Wann i moan, dös is a kloans Tatscherl, dann is der ander scho allaweil glei halbert hi. Dös is scho wirkli a Kreiz, Herr Fortverwalter!«

OH, DIESE FRANZOSEN!

Während des ersten Weltkrieges wurde meinem Vater ein Trupp französischer Kriegsgefangener zur Waldarbeit zugewiesen. Sechs Mann davon setzte er im Gemeindewald Hartering ein. Diese unterstanden nun dem Forstaufseher Moosbichler. Bevor jedoch mein Vater diese sechs Kriegsgefangenen dem Muckl unterstellte, hielt er ihm ein kleines Privatissimum.

»Moosbichler«, sagte er, »nächste Woche bekommen Sie sechs französische Kriegsgefangene als Waldarbeiter. Ich möcht mir aber ausbitten, daß Sie diese Leute anständig behandeln. Das sind nämlich keine Verbrecher, sondern Soldaten, die genauso ehrenhaft für ihr Vaterland gekämpft haben, wie das unsere Soldaten für unser Vaterland tun.« Und weil mein Vater das weiche Herz seines nach außenhin so rauhbauzigen Untergebenen kannte, appellierte er noch an seine Gutmütigkeit, indem er fortfuhr: »Und noch dazu sind das recht arme Teufel, denn es ist wahrhaftig kein Honiglecken, in Gefangenschaft zu sein, ohne zu wissen, wann man endlich einmal seine

Frau, seine Kinder und seine Eltern wieder sieht. Unsere Soldaten kriegen wenigstens ab und zu einmal Urlaub; die Kriegsgefangenen aber müssen warten, bis der Krieg aus ist. Die Leute, die wir zur Waldarbeit bekommen, haben sich freiwillig gemeldet, nur um dem öden Lagerleben zu entgehen und die Zeit schneller herumzubringen.«

»I kann mir's wohl denkn, wia dös is, Herr Forstverwalter«, meinte der Muckl nachdenklich, »die könna ja aa nix dafür, daß Kriag is, die arma Tröpf. Über mi solln sie sich net zu beklagn habn. I werd aa dafür sorgn, daß sie gnua zum Essn kriagn. – Aber wia is na dös wegn der Sprach? I kann eahna ja gar nix anschaffn, i ko ja net Französisch.«

»Es ist einer dabei, der ein bisserl Deutsch kann«, beruhigte mein Vater. »Den Mann werd ich Ihnen zuteilen. Der kann dann seinen Kameraden Ihre Anweisungen verdolmetschen. Ich werd auch selber immer wieder nachschauen und den Leuten sagen, was sie machen sollen, denn ich kann ganz leidlich französisch sprechen.«

Als dann die Franzosen kamen, begann für den guten Moosbichler eine Zeit, von der er später sagte: »Daß i damals net narrisch worn bin, is a Wunder. Die Franzosn hättn mi ums Haar ins Irrnhaus bracht!«

Schon am zweiten Tag klagte Moosbichler meinem Vater: »Herr Forstverwalter, dös geht net! I komm mit dene Leit net z'recht. I versteh sie net und sie verstengan mi net. Sie san zwar fleißig und ham den besten Wülln – aber was nutzt mi dös, wann i jedesmal a Stund brauch, bis die begriffn ham, was s' macha solln!«

»Geben Sie Ihre Anweisungen doch dem Jean, der Deutsch

versteht«, riet mein Vater. »Der kann dann seinen Kameraden sagen, was sie machen sollen.«

»Der versteht ja aa koa Wort deitsch«, klagte Moosbichler verbittert.

Mein Vater wandte sich nun an Jean und fragte ihn: »Sie haben mir doch gesagt, Monsieur Jean, daß Sie ein wenig deutsch sprechen, und ich habe mich auch davon überzeugt, daß Sie die Sprache ganz gut beherrschen. Warum übersetzen Sie denn Ihren Kameraden nicht, was der Forstaufseher sagt?«

»Ich kann ein wenig Deutsch«, sagte der Franzose, »aber Monsieur Moosbichlär spricht nicht deutsch. Er versteht zwar ein wenig, aber sprechen kann er nicht. Seine Sprache verstehe ich nicht.«

Moosbichler, der von dem Gespräch kein Wort verstanden hatte, weil es in französischer Sprache geführt worden war, wunderte sich sehr, weil mein Vater schallend lachte.

»Sie müssen mit dem Mann hochdeutsch reden«, belehrte mein Vater den Forstaufseher. »Es ist doch ganz klar, daß ein Mensch, für den Deutsch eine Fremdsprache ist, unseren bayerischen Dialekt net versteht. Den verstehen ja net einmal die Norddeutschen!«

Der gute Moosbichler blies eine mächtige Rauchwolke aus seiner Pfeife und meinte: »Hochdeitsch? – O mei, da wer i mi aber bluatig hart toa!«

»Sie können doch lesen und schreiben, Moosbichler, also müssen Sie doch auch hochdeutsch sprechen können!«

»Ja, lesn und schreim ko i scho, Herr Forstverwalter – aber die Aussprach is halt doch was ganz anders. Da bricht ma si ja d' Zung ab. Und ma ko do aa net so gschraubt redn, wia ma schreibt!«

»Probieren Sie's nur einmal, Moosbichler, es wird schon gehen!«
Von nun an bemühte sich Moosbichler, mit seinem Dolmetscher hochdeutsch zu sprechen, jedoch mit sehr negativem Erfolg. Sein Hochdeutsch war holperig, die Aussprache schauderhaft. Nach wie vor konnte er sich den Franzosen nur durch Gesten verständlich machen, die aber auch oft zu Mißverständnissen führten. Immer wieder bat er meinen Vater, zu kommen und den Franzosen zu erklären, was sie machen sollten. Mein Vater aber hatte nicht jeden Tag Zeit, in den Gemeindewald zu gehen, denn er hatte ja schließlich sein großes Staatswaldrevier zu betreuen. Er wollte daher seinen Forstaufseher im Umgang mit den Kriegsgefangenen etwas selbständiger machen. Als er eines Tages wieder einmal mit Moosbichler in dem Holzschlag war, sagte er:
»Also, passen Sie einmal auf, Moosbichler: Die Ulme da ist schlecht ausgeastet. Machen Sie jetzt einmal dem Jean klar, daß die Aststummeln glatt am Stamm abgehauen werden müssen!«
Moosbichler schnaufte schwer und meinte: »Am liabern hau i die Stutzln glei selber oba; dös is vui weniger Arwat, als die Müah, die dös macht, bis der dös verstandn hat!«
»Sie sollen aber lernen, sich den Leuten verständlich zu machen! Also los, Moosbichler, rufen Sie den Jean und sprechen Sie hochdeutsch und langsam mit ihm, dann versteht er Sie schon!«
Und nun entwickelte sich folgender Dialog:
Moosbichler: »Jean!«
Jean: »Monsieur?«
Moosbichler: »Kimm amol hera do! – Kommen Sie einmal her dahier, doda!«

Jean: »Oui, monsieur.« Er kam; aber wahrscheinlich hatte er nur den Wink von Moosbichlers Hand verstanden.
Moosbichler: »Do schaug amol her, Jean – schaugen Sie einmal hera do – do san – sind Stutzeln dro – daran, hindort, verstehst ?«
Jean: »Comment? – Nix verstehen.«
Moosbichler: Zeigt mit dem Finger auf die Aststummeln und sagt: »Dö Stutzeln doda! Siehgst – sehgen Sie?«
Jean: »Stussäll?«
Moosbichler: »Ja, dö Stutzln, dö müaßn weg – hinweck!«
Jean: Schaut hilfesuchend meinen schmunzelnden Vater an und sagt: »Je ne comprends pas!«
Moosbichler: »Ha?«
Jean: »Äh?«
Moosbichler: »Dö Stutzln doda sollst obahaun – herab – herunterhauen mit Axt!«
Jean: Ganz unglücklich: »Pas compris – nix verstehen!«
Moosbichler: Ungeduldig: »Dö Stutzeln doda – Herrschaftseitn – dü taa! Siehgst as net – sehgen Sie es nicht?«
In dem Bestreben, ganz hochdeutsch zu reden, sprach Moosbichler »die da« wie »dü taa« aus und der Franzose verstand »plus tard«. Das wird ausgesprochen »plü tar« und heißt »später«.
Jean strahlte über das ganze Gesicht und sagte erfreut: »Oh, monsieur, vous parlez aussi un peu français? Maintenant j'ai compris! – Plus tard – oui, oui, monsieur.« Er machte eine Verbeugung und ging zu seinen Kameraden zurück, um die Arbeit wieder aufzunehmen, die er vorhin unterbrochen hatte.
Moosbichler starrte ihm verblüfft nach, schob mit einem

Seufzer den Hut ins Genick und sagte zu meinem Vater: »Bluatsa – was mag jetz der wieder verstandn ham! Jetzt sehgn Sie's selber, Herr Forstverwalter, daß der aa net dös beste Hochdeitsch versteht! Jessas, Jessas, da taat i mi ja no mit Preißn leichter!«

Mein Vater, der schon während des ganzen Gespräches das Lachen kaum unterdrücken konnte, lachte jetzt laut auf und sagte: »Hochdeutsch nennen Sie das, was Sie mit dem Jean gesprochen haben, Moosbichler? Hahahaha – Sie sind gottvoll! Du lieber Himmel, haben Sie eine Ahnung! Ein Ausländer kann Sie nie und nimmer verstehen. Ich seh schon, da ist Hopfen und Malz verloren! Sie müssen sich also den Leuten weiterhin durch Gesten verständlich machen. Mit der Zeit werden Sie sich gegenseitig schon besser verstehen.«

Für die Kriegsgefangenen sorgte der gutmütige Moosbichler in rührender Weise. Er hamsterte für sie Lebensmittel und kontrollierte sogar bei der Wirtin, bei der sie einquartiert waren, laufend das Essen. Und wehe, wenn einmal etwas daran auszusetzen war! Da gab es ein Donnerwetter, daß der Frau Hören und Sehen verging. Es kümmerte ihn gar nicht, daß er damit seine Kompetenzen überschritt, denn die Kontrolle darüber, daß den Kriegsgefangenen die zugewiesenen Lebensmittel auch restlos ausgefolgt wurden, war Sache der Militärverwaltung und höchstens noch die des Bürgermeisters. Der Forstaufseher betrachtete die Kriegsgefangenen als seine persönlichen Schützlinge und tat alles, um ihnen das Leben zu erleichtern. Die Franzosen erkannten das dankbar an und nannten Moosbichler unter sich »notre père« (unser Vater). Mit der Zeit lernten sie auch einige Worte Bayerisch, und als

sie erst einmal erfaßt hatten, worauf es bei der Arbeit ankam, mußte mein Vater immer seltener den Mittler zwischen Moosbichler und den Franzosen machen.
Meinem Vater gegenüber äußerte er einmal: »Dös san so komode Leit, dö Franzosn. Daß ma gegn die Krieg führt, ha? Dös is doch a Viecherei!«
»Da haben Sie recht, Moosbichler«, pflichtete mein Vater lebhaft bei. »Aber wir können halt leider nix dran ändern. Wir können nur unsere Gefangenen gut behandeln. Sie haben sechs und ich hab fünfzehn. Wenn die einundzwanzig Mann nach dem Krieg daheim in ihrem Bekanntenkreis erzählen, daß wir gut mit ihnen umgegangen sind, dann haben wir unserem Vaterland bestimmt viel mehr genützt, als wenn wir fünfhundert Franzosen erschossen hätten.«

MOOSBICHLER ALS MISSIONAR

Der Schuster Blasi paßte nicht in den Rahmen der biederen Dorfbewohner von Hartering. Als Bub war er einmal einige Jahre in einer Klosterschule, weil es der Wunsch seiner Mutter, der braven Schusterin, war, daß ihr Sohn Geistlicher werde. Aber nachdem er nach vier Jahren mit Ach und Krach die beiden ersten Klassen hinter sich gebracht hatte, gab der Pfarrer den Schustersleuten den dringenden Rat, ihren Buben aus der höheren Schule herauszunehmen und ihm das ehrsame Schusterhandwerk lernen zu lassen. Der Vater war so vernünftig, diesen guten Rat zu befolgen, und so wurde der gute Blasi eben Schuster. Weil er aber »mensa« deklinieren konnte und auch noch einige andere lateinische Brocken behalten hatte, fühlte er sich über seine Dorfgenossen erhaben, und als er dann später als Geselle noch einige Jahre in die Stadt kam, war's ganz aus. Nach dem Tode seines Vaters übernahm er das väterliche Anwesen und die Werkstatt und wurde so wieder Bürger der kleinen Gemeinde. Er kehrte zurück als aufgeklärter Mann und mit einem handfesten Haß gegen die Kirche, denn er gab dem Pfarrer die Schuld, daß er damals nicht weiterstudieren durfte.

Die biederen Bauern erschreckte er mit seinen Reden, die er im Wirtshaus am Biertisch führte. Er leugnete Gott, wetterte gegen die Kirche und deren Einrichtungen und ganz besonders gegen die Geistlichen. Ja, so aufgeklärt und gescheit kam sich der Blasi vor, und in Wirklichkeit war er doch weiter nichts, als ein Riesen-Rindvieh. An den Sonn- und Feiertagen erledigte er die schmutzigsten Arbeiten, karrte Mist auf seinen kleinen Acker, grub den Garten um, pumpte die Jauchegrube aus und versäumte nie, in seinem zerlumptesten Arbeitsanzug über den Kirchplatz zu gehen, wenn die Leute nach dem Hochamt das Gotteshaus verließen. Mit Wonne rief er dabei den Kirchgängern hämische Bemerkungen zu, die er für geistreich hielt. Daß nur ganz dumme Menschen das lächerlich machen, was anderen heilig ist, soweit reichte die Einsicht des Blasi nicht, obwohl er »mensa« deklinieren konnte.

Wegen dieser dauernden Provokationen schuf sich der Blasi viele Feinde im Dorf, und der Forstaufseher Moosbichler sagte einmal zu dem Dorfgeistlichen: »Hochwürdn, den Kerl mach i no katholisch, da können S' Eahna drauf verlassen!«

Der Geistliche, der Moosbichlers Methode kannte, die er

bei den Holzdieben anwandte, ermahnte den braven Forstaufseher: »Moosbichler, bitte, vergreifen Sie sich nicht an dem Mann. Sie würden sich nur die Hände schmutzig machen und würden doch keinen Erfolg haben. Wir wollen es dem Herrgott überlassen, daß er den verirrten Menschen wieder auf den rechten Weg zurückführt. Beten dürfen Sie für ihn, aber schlagen dürfen Sie ihn nicht.«

Obwohl Moosbichler ein guter Christ war, bezweifelte er doch sehr, daß dem Schuster Blasi mit Gebeten zu helfen sei. Davon versprach er sich wenig Erfolg und sann seiner Natur gemäß auf handfestere weltliche Maßnahmen. Als er einmal mit meinem Vater über den Schuster Blasi sprach, sagte er:

»Der Herr Pfarrer is scho guat! Sagt er net neilich zu mir, wia i eahm gsagt hab, daß i den Lumpn no katholisch mach, i soll eahm ja net schlagn, sondern für eahm beten! Wia si der guate Mo dös vorstellt, ha? I fürn Schuaster Blasi betn! Herschlagn tua i eahm recht; dös is die oanzige Sprach, die der versteht! Betn – daß i net lach! Was moanan S', wenn i für die Holzdieb bloß betn taat! Der ganze Wald war scho gstohln. Sagn S' dös net aa, Herr Forstverwalter?«

Mein Vater stimmte lachend zu, glaubte aber, seinem treuen Untergebenen den Rat geben zu müssen: »Moosbichler, lassen Sie sich mit dem Kerl net ein! Der spinnt ja, und er kann ja auch net viel Schaden anrichten, weil ihn doch kein Mensch ernst nimmt. Wenn Sie ihn verprügeln, zeigt er Sie an und dann werden Sie obendrein noch bestraft. Das ist der Kerl doch gar net wert!«

»Da ham S' eigentlich recht, Herr Forstverwalter«, meinte Moosbichler nachdenklich. »Aber wissn S', wenn er allaweil so damisch daherredt, der Aff, der gselcht, nacha juckt's mi scho oft saumäßig in die Händ. I moan, der wird do amal oane von mir fanga, wenn mir der Gaul durchgeht. Der braucht ja net in d' Kirch geh, wenn er net mog, jeder soll toa, was er für richtig halt – aber die andern Leit soll er in Ruah lassn, der Hausdepp, der ganz gscheite! Und dabei is er so saudumm, daß gar nimmer feierli is«, fuhr der Muckl erbittert fort. »Der wenn so lang waar, wia er dumm is, kunnt er aus der Dachrinna von der Kirch saufa. I sag Eahna, Herr Forstverwalter, abergleibisch is der Depp, wiar a alts Weib. A schwarze Katz wann eahm übern Weg lafft, kehrt er wieder um. An am Freitag oder an am Dreizehntn geht er net auf d' Straß, weil er moant, er kunnt si an Haxn brecha oder er kunnt überfahrn wern. Und moanan S', der gang auf d' Nacht am Friedhof vorbei? Net ums Verrecka taat er dös. Liaber macht er an Mordsumweg, wenn er vom Wirtshaus hoamgeht. Aber am Biertisch 's Mäu aufreißn und recht bled daherredn, dös kann er, der Gloifi!«

An einem Sonntag, kurz vor Ostern, herrschte im Dorf große Aufregung. Nach dem Gottesdienst standen auf dem Kirchplatz die Leute in Gruppen beisammen und besprachen das große Ereignis, das sich an diesem Tage zugetragen hatte, und von dem sie alle Augenzeugen waren: Der Schuster Blasi war in der Kirche! »Ja, und kommuniziert hat er aa«, sagte die Angerbäuerin, »also muaß er vorher beicht aa ham. Vielleicht hat er dös im Pfarrhaus toa oder in a andern Pfarrei, denn bei uns hat eahm neamd am Beichtstuhl gsehgn. Und in der Predigt hat der Herr Pfarrer gsagt: ›Im Himmel herrscht mehr Freude über einen Sünder, der Buße tut, als über neunundneunzig Gerechte.‹

Dös war bestimmt auf'n Blasi gmünzt. Seit Jahr und Tag is der nimmer in der Kirch gwen, und uns hat er dableckt, auf d' Kirch hat er geschimpft und gfluacht hat er wiar a Schwaarer Reiter – und heit hat er kommuniziert! I mecht bloß wissn, wia dös zuaganga is, daß si der bekehrt hat!«
Das wußten aber nur Nepomuk Moosbichler und dessen Schwager, der Dorfschmied. Sie sagten aber keinem Menschen etwas davon, nicht einmal ihren Frauen. Nur meinem Vater hat es der Muckl Monate später unter dem Siegel tiefster Verschwiegenheit erzählt, als einmal die Rede auf den Schuster Blasi kam, der seit diesem denkwürdigen Sonntag ein guter Christ geworden war.
»Eahna sag i's, wia dös gwen is mit der Bekehrung vom Blasi, Herr Forstverwalter; aber Sie müaßn mir versprechn, daß S' neamd nix davo verzähln von der Gschicht!« Nachdem mein Vater dieses Versprechen gegeben hatte, fuhr Moosbichler fort: »Wiar i wieder amal an am Sonntag von der Kirch hoamganga bin, lafft mir der Haderlump in Weg und feixt mi an: ›Muckl, du hast ganz dreckate Hosnknia. Dös kummt vom Rumrutschn vor deine Heilign!‹ I hab eahm gor net angebn, dem Deppn, und hab mir denkt: Du kannst mi kreizweis, Aff, damischer! Aber gift hab i mi doch und hab drüber nachsinniert, was i toa kunnt, daß dem sei Dreckschleidern amal für allaweil gstopft werd. Am liabern hätt i'n ja recht hergschlagn, wenn er auf d'Nacht vom Wirtshaus hoamgeht. A paar Tag später hab i in d'Stadt fahrn müaßn, weil i was zum bsorgn ghabt hab. Dös war in der Faschingszeit. Da warn in am Schaufenster Gsichtsmaskn ausgstellt, oane greislicher als die ander, und oane war dabei, die greislichste von alle, a schwarze Teifislarvn mit Hörner und am bluatrotn Mäu.

I hab nacha beim Brucknwirt a paar Halbe Bier trunkn und was gessn, und da is mir wia der Blitz a Gedankn eigschoßn! Mir is eigfalln, daß der Schuster Blasi so abergleibisch is und daß i eahm mit dera Larvn an solchn Schreck eijagn kunnt, daß er in d'Hosn scheißt. I nix wia nei in dös Geschäft und die Larvn kafft. Vier Mark und fufzg Pfennig hat s' kost, aber dös Göld hat mi net greit. Dahoam bin i glei zum Schmied ummi, der was mei Schwager is, und hab eahm gsagt, was i mit'm Blasi vorhab, und hab'n bitt, daß er mir hilft. Der Schmied fahrt nämli jedn Donnerstag in d'Stadt zum Eisenhandler und der Schuaster in d'Gerberei. Mit'm Achtizug auf d'Nacht fahrn s' allawei zruck. I hab also mit mein Schwager ausgmacht, daß er am Schuaster am nächstn Donnerstag beim Brucknwirt an Rausch aufhänga und erst mit'm Halbelfizug zruckfahrn sollt. I taat dann im Wald zwischn der Station und Hartering wartn und eahna als Teifi maskiert erscheina. Mei Schwager war glei Feier und Flamme und hat si saumäßi auf die Pfunds-Gaudi gfreit.

Es war a ziemlich helle Nacht damals, weil fast Vollmond gwen is. I hab mi an dem Waldstraßl bei der altn Eichn hinter am Busch angsetzt und hab auf die Zwoa gwart. Ausgschaut hab i, daß i mi vor mir selber gfürcht hab. Überm Gwand hab i meim Schwager sei lederns Schmiedschurzfell oghabt, um an Bauch hab i mir a dicke Wagnkettn bundn, daß recht rasslt, und hint an d' Joppn hab i an Kaiwischwoaf ognaaht, den i mir vom Metzger bsorgt hab. Wiar i die Zwoa von der Weitn hab kemma sehgn, hab i die Larvn vor's Gsicht bundn. Der Schuaster hat net schlecht gladn ghabt. Scho von aller Weitn hab i'n plärrn

hörn und die ganz Straß hat er braucht, so is er umanandertorklt. Wia s' nacha ganz nah da warn, bin i rausgsprunga vom Wald auf d' Straß und hab mit der Kettn grasslt. Der Schmied hat an Schroa toa und is davogrennt. Dös war nämli ausgmacht. Der Schuaster Blasi aber is wia ognaglt stehbliebn und hat mi ogstarrt wiar an Geist. Ganz kasweiß is er gwen und mit die Zeeh hat er klappert; i sag Eahna, Herr Forstverwalter, dös war ganz schauerli! I hab mei Stimm verstellt und hab gsagt:
›So, Schuaster Blasi, hab i di dawischt! Jetzt nimm i di glei mit, mei Großmuatter hat den größtn Kessl scho anghoazt und wart drunt scho auf di. Di hab i nämli scho lang holn wolln!‹
Nacha hab i pfiffn und gfaucht und hab mit der Kettn grasslt und bin um eahm rumtanzt wiar a Narrischer. Der Blasi hat koa Wort rausbracht und hat am ganzn Leib zittert. Nacha hat er's Kreiz gmacht, hat si ganz langsam auf die Knia niederlassn und hat gspiebn wiar a Reiher. 's ganze Bier und sei Abendessen hat er kotzt, und i glaub, hint is aa nausganga, weil er auf oamal so gstunka hat. I hab no a bißl gwart, und dann hab i gsagt: ›So, jetz nimm Abschied von der Wölt, schaug dir die Stern und'n Mond und die Baam noamal o, dann roas ma abi in d'Höll!‹ ›Jessas Maria und Josef, Herr Teifi‹, hat er gwimmert, ›dös werst do net toa, bittschen, laß mi nur dös oane Mal no da!‹
›Naa, naa, mei Liaba‹, hab i gsagt, ›jetz is z'spat! Jetz ghörst mei, du hast lang gnua gschimpft auf d' Kirch und hast d' Leit derbleckt, die was toa ham für ihr unsterbliche Seel. Auf an Burschn wia di hab i mi scho lang gfreit. Geh nur mit, 's Pech kocht scho im Kessl und mei Großmuatta wart auf di!‹

Da hat er die Händ aufghebt und hat mi angfleht: ›Naa, liaber Herr Teifi, um aller Heilign Wülln, laß mi da, i bitt gar recht sche, laß mi da! I will alles toa, was d' verlangst, aber laß mi nur dös oane Mal no da! Sag, was i toa soll, daß d'mi net mitnimmst, alles tuar i, was d' verlangst, aber bittschen, bittschen, laß mi da!‹
I hab erst a bißl gfaucht, und dann hab i gsagt: ›Es gibt nur oans, dös di noamal rettn kann!‹
›Sag's, liaber Herr Teifi, i tua's – ganz bestimmt tuar i 's. Alles tuar i, was d' ham willst!‹, hat er gschluchzt.
›Also‹, sag i, ›wenn d' von jetzt an an christlichen Lebenswandl führst, wia'n deine Eltern gführt ham, und wia'n alle andern Leit im Dorf führn, dann laß i di heit noamal aus. Aber dös oane sag i dir: Oamal no, wenn d' auf d' Kirch schimpfst oder auf d' Religion, dann hol i di no in derselbign Nacht!‹
Dann hab i wieder recht greisli gfaucht und mit der Kettn grasslt und bin dann im Wald verschwundn. A bißl weiter vorn hab i mi wieder an's Straßl gschlichn, weil i doch sehgn hab wolln, was der Held jetz macht. Er is allaweil no auf'm Weg kniaglt, und i glaub, er hat noamal gspiebn Endli is er aufgstandn, hat nach alle Seitn glurt und is dann in oam Saus auf Hartering zuagrennt. Sehgn S', Herr Forstverwalter, so hab i den Hallodri bekehrt. – Aber gell, Sie sagn bestimmt neamad nix davo!«
»Also Moosbichler«, seufzte mein Vater, der vor lauter Lachen noch ganz atemlos war, »Sie sind unbezahlbar! Sie brauchen keine Sorg haben, ich sag bestimmt niemandem was, denn wenn der Schuster erfahren tät, daß Sie der Teufel waren, dann wär er gleich wieder derselbe Lackl, der er vorher war. – Aber dem Herrn Pfarrer darf ich's doch

erzählen? Der freut sich sicher, daß er in seinem Dorf einen so erfolgreichen Missionar hat.«
»Ja, wenn S' moanan«, sagte Moosbichler zögernd, »dann können Sie's eahm scho verzähln. Aber moanan S' net, daß er mi dann recht schimpft, der Herr Pfarrer, weil i mi als Teifi ausgebn hab, i moan wegn Amtsanmaßung sozusagn?«
»Nein, Moosbichler, der schimpft Sie bestimmt net«, beruhigte mein Vater. »Der Herr Pfarrer lacht Tränen, wenn er das erfährt!«
Nach einer Weile meinte Moosbichler: »Da können S' aber sehgn, Herr Forstverwalter, was der Schuaster Blasi für a Rindviech is, daß er net gspannt hat, daß da was net stimma ko. Dös taat ja mei Sau im Stall wissn, daß der Teifi zu koam net sagt, er soll an christlichen Lebenswandl führn!«
Mein Vater hatte richtig prophezeit. Der Herr Pfarrer hat wirklich Tränen gelacht, als er ihm Moosbichlers Bekehrungswerk erzählte.

DIE WASSERLEICHE

Es war ein herrlich schöner Tag im Mai. Über den Fluren jubelten hoch vom blauen Himmel herab die Lerchen, und im Auwald sang und schmetterte die Vogelwelt aus vollen Kehlen. Ein vielfältiger Blumenflor leuchtete und duftete. Auf dem schmalen Grasstreifen zwischen dem Bett der Donau und dem Wald schlenderte der Forstaufseher Moosbichler dahin und verstänkerte die Natur mit seinem entsetzlichen Pfeifentabak. Ab und zu blieb er stehen und lauschte, ob er nicht das Hacken oder Sägen von Holzfrevlern vernahm. Er hatte aber auch Sinn für die Schönheiten der ihn umgebenden Natur und genoß die Pracht der Blumen, das frische Grün der Bäume und den Gesang der Vögel. An so einem schönen Tag konnte einem ja gar nichts Übles widerfahren, dachte er. Ja, dachte er! Aber er hatte die Rechnung ohne die Wasserleiche und ohne den Bürgermeister gemacht, denn dieser schöne Frühlingstag sollte dem guten Moosbichler noch einen heillosen Ärger bringen.

Die Pfeife war ausgeraucht, und Moosbichler setzte sich an die Uferböschung, um den Pfeifenkopf bedächtig von neuem zu füllen und seine Spezialmischung in Brand zu setzen. Als sein mit Buchen- und Nußblättern vermischter Eigenbau schön glimmte, und die Insekten, die in den Wirkungsbereich des Rauches gerieten, die Flucht ergriffen oder starben, schaute Moosbichler besinnlich auf den leise murmelnden Strom hinaus. Schwalben schossen über das Wasser hin, und ab und zu trieb ein Stück Holz vorbei. Doch, was kam denn da ganz nahe am Ufer dahergeschwommen? Es sah aus wie ein gefüllter Sack, der ab und zu unter Wasser wippte und dann wieder auftauchte. Immer näher kam das sonderbare Ding, und ein paar Meter von Moosbichlers Füßen entfernt wurde es von den Wellen an das Ufer gedrückt und blieb an einem Stein hängen. Der Forstaufseher erhob sich, um den Gegenstand näher in Augenschein zu nehmen. Heiliges Kanonenrohr! Vergessen war der schöne Tag, und Moosbichler spürte, wie sich ihm die Haare unter dem Hut sträubten wie die Rückenhaare seines Hundes, wenn ihm die große Dogge des Wirtes begegnete. Was sich da an dem Uferstein fest-

gefahren hatte, war eine Männerleiche, die schon geraume Zeit im Wasser gewesen sein mußte, denn der Leib war unförmig aufgetrieben und das Gesicht schimmerte glasig-grün.
Nachdem sich der Muckl von seinem ersten Schreck erholt hatte, zog er die Leiche vollends ans Ufer und lief dann ins Dorf, um den Bürgermeister und die Gendarmerie zu verständigen. Nun ging alles seinen üblichen Gang. Die Leiche wurde ins Dorf geschafft und vom Amtsarzt untersucht. Kommissionen kamen und gingen, und Nachforschungen wurden betrieben, um die Leiche zu identifizieren. Der Bürgermeister und der Gendarmeriekommissär kamen tagelang nicht zur Ruhe. Aber man brachte nicht heraus, wer der Ertrunkene war. Der Kleidung nach zu schließen, mußte er ein Landstreicher gewesen sein. Was nun? In die Donau konnte man die Leiche ja nicht gut wieder werfen, also mußte sie auf Kosten der Gemeinde beerdigt werden. Es wurde eine »große Leiche«, denn das ganze Dorf ging mit zur Beerdigung. Schließlich kam es ja nicht jeden Tag vor, daß da einfach einer in der Donau dahergeschwommen kam, um in dem Dorf Hartering seine letzte Ruhestätte zu finden. Die Leute waren auch sehr neugierig, wie sich der Herr Pfarrer aus der Affäre ziehen würde, weil ja niemand wußte, ob der Verstorbene Katholik oder Protestant war, oder ob er überhaupt einer Religionsgemeinschaft angehört hatte. Nun, der Geistliche machte seine Sache zur Zufriedenheit aller, und der Fremdling aus der Donau ruhte nun in dem stillen Dorffriedhof.
Nach alter bayerischer Gepflogenheit geht man auf dem Lande nach einer Beerdigung ins Wirtshaus. Über diesen

alten Brauch setzten sich natürlich auch die Harteringer Bürger nicht hinweg. O nein, im Gegenteil! Sie hielten dieses Herkommen sehr hoch und feierten ausgiebig. In dieser Beziehung machten sie keinen Unterschied, ob ein angesehener Bauer gestorben war oder ein kleiner Häusler. Und weil die Harteringer so tolerant waren, soffen sie also auch zu Ehren der unbekannten Wasserleiche. Das einzige Wirtshaus des kleinen Dorfes war drucktvoll, die Fenster waren sorgfältig geschlossen, obwohl draußen das schönste Wetter war, und um die Köpfe der Zecher wogte eine dichte, graue Wolke beißenden Rauches, der den Pfeifen und »Ziehgarn« entströmte. Im Herrgottswinkel saßen der Bürgermeister, einige angesehene Bauern, der Gendarmeriekommissär, der Lehrer und Moosbichler. An allen Tischen wurden tiefsinnige Gespräche geführt über den Toten, wer er sein könnte, woher er wohl stammte, ob es ein Unglücksfall war oder Selbstmord oder gar ein Mord! Moosbichler mußte immer wieder genau schildern, wie er die Leiche gefunden hatte, bis es ihm zu dumm wurde und er den nächsten Frager auf die Kirchweih lud. Dieses Zitat aus Götz von Berlichingen nimmt in unserem schönen Bayernland kein Mensch übel, aber der von Moosbichler so freundlich eingeladene Frager war schon ein wenig angestochen und erwiderte mit lauter Stimme, wie sie halt Angetrunkenen eigen ist:
»Du hast as grad nöti, mir's Arschlecka z'hoaßn! Du bist schuld dro, daß die Gmoa jetz die Köstn für die Beerdigung hat! Was hast denn du den aussaziahgn müaßn, ha? Hättst'n doch schwimma lassn!«
Unsere braven Bauern sind zwar alle sehr gute Christen; wenn es jedoch an den Geldbeutel geht, entwickeln sie

einen sehr weltlichen und praktischen Sinn. Diesem Umstand mag es wohl zuzuschreiben sein, daß das Argument des Krakeelers einschlug wie ein Blitz. Moosbichler sah sich plötzlich einer Mauer von Feindseligkeit gegenüber. Von allen Seiten wurde auf ihn eingeschrien und er bekam die ganze Skala von Liebenswürdigkeiten zu hören, vom »damischen Deppen« bis zum »saudummen Rindviech«. Auch der Bürgermeister schloß sich von dieser überwältigenden, spontanen Mißfallenskundgebung nicht aus und sagte:

»Ja, dös muaß i scho aa sagn, Muckl, daß du gar koan Verstand net ghabt hast, wia d'den außerzogn hast aus der Donau. Du muaßt scho gar koa Hirn net habn! Was hab bloß i zweng der Wasserleich für Scherereien und Arwat ghabt! Und jetzt hat die Gmoa no die Köstn obendrei!«

Moosbichler wurde mit Recht wütend und schrie das Gemeindeoberhaupt an: »Du wirst wohl der bledast Burgermoaster sei, den's in ganz Bayern gibt! So saudumm ko doch net amol der Gmoadepp daherredn! Die Leich war doch scho ogschwemmt am Ufer, i hab's doch bloß mehr außerzogn. Oder hätt i s' vielleicht wieder einischmeißn solln?«

Der Bürgermeister wehrte sich: »Du, nimm di fei a bisserl zsamm! Dir gib i glei an Gmoadeppn! Grad hast selber gsagt, du hast eahm gar außerzogn. Wenn d' net so a Spatznhirn hättst, hättst die Leich mit'm Steckn a bisserl ogsteßn, dann waar s' schö brav weitergschwumma bis Ingolstadt. I hätt dann awetelefoniert und die Pionier hättn eahm dann außerzogn. Dann hätt er aa a christlichs Begräbnis kriagt, aber net auf inserne Köstn!«

Moosbichler war außer sich vor Zorn und brüllte zurück:

»Wia ma nur so was sagn ko! Du willst a Christ sei, Burgermoaster? Du bist ja a Türk! A Viech bist, aber koa Christnmensch!«
»Was hoaßt da Christ?«, fragte der Bürgermeister zurück. »Und die Köstn? An die denkst gar net! Dir is die Hauptsach, daß dir die Gmoa jedn Erstn dein Ghalt pünktli zahlt. Dös kann i dir sagn: Noamal wenn d' oan außerziahgst aus der Donau, dann bist die längst Zeit Forstaufseher bei uns gwen!«
Das aber schlug bei Moosbichler dem Faß den Boden aus In höchster Wut schmetterte er seine gewaltige Faust auf die Tischplatte, daß die Maßkrüge wackelten und schrie: »Mein Ghalt schmeißt ma du vor, Burgermoaster? Versiech i vielleicht net gwissnhaft mein Deanst? Frag'n Herrn Forstverwalter, ob i mir scho jemals im Deanst was hab z' Schuldn kemma lassn, du Gschwollkopf, du damischer! Und dös woaßt scho – ob i Forstaufseher in der Gmoa bin oder bleib, dös hast net du alloa zu bestimma – oder der Gmoarat. Da hat as staatliche Forstamt aa no a Wörtl mitzredn, denn dös hat die Oberaufsicht über'n Gmoawald. Der Herr Forstverwalter laßt mi nia net falln, weil er genau woaß, daß er si auf mi verlassn ko. Dös mirkst dir, du ganz gscheiter Burgermoaster, du. Eahm schaug o, 's Nausschmeißn aus'n Deanst taat mir der Ramml odroha, wenn i mei Christnpflicht erfüll!«
Moosbichler erregte sich so sehr, daß er von seinem Stuhl aufsprang und auf den Bürgermeister losgehen wollte. Wenn sich nicht der Gendarmeriekommissär und der Lehrer ins Mittel gelegt und den wütenden Forstaufseher beruhigt hätten, wäre es dem Gemeindeoberhaupt schlecht ergangen. Schwer schnaufend stand der hünenhafte Mann

vor dem schreckensbleichen Bürgermeister. Dann schrie er in die Wirtsstube, in der es totenstill geworden war: »Ihr seids ja allmitnand koane Christnmenschn, sondern Türkn! Und du, Burgermoaster, bist der Obertürk und Oberglachl!« Dann machte er kehrt und verließ wütend die Gaststube, deren Türe er zuschmetterte, daß der Verputz von der Wand rieselte.

Am nächsten Tag schilderte er den ganzen Hergang wortwörtlich meinem Vater und schloß seinen Bericht mit den Worten: »I bin ja so froh, daß mi der Lehrer und der Kommissär no zur Vernunft bracht ham, denn sunst hätt's dös größte Unglück gebn. I hätt'm Burgermoaster bestimmt sein saudumma Gschwollschädl in Brustkorb einitriebn, daß er durch d' Rippn gschaugt hätt, wia der Aff durch's Gitter. Und die andern Rammeln hätt i samt und sonders in d' Mistgruabn einischmissn. I sag Eahna, Herr Forstverwalter, a so a Sauwuat hab i meiner Lebtag no nia ghabt! Wenn i dös gwußt hätt, was i da für Scherereien kriag, hätt i die Wasserleich wirkli wieder in d' Strömung einigsteßn. Dös war die erst und die letzt Leich, die wo i außertoa hab aus der Donau!«

VON EINEM PREUSSEN VERSCHLEPPT

In München war Oktoberfest. Aus allen Richtungen brachten große Omnibusse und Sonderzüge Festgäste in die Hauptstadt. Auch der Forstaufseher Nepomuk Moosbichler aus Hartering an der Donau beteiligte sich eines Tages an einer solchen Sonderfahrt, um die »Wiesn« zu besuchen. Mittags kam der Omnibus in München an und wurde auf

einem Parkplatz an der Theresienwiese abgestellt. Bevor sich die Fahrtteilnehmer in den Festestrubel stürzten, wurden sie von dem Fahrer des Wagens nochmal dringend ermahnt, sich um 23 Uhr wieder am Omnibus einzufinden, weil er Punkt halb zwölf die Rückfahrt antreten werde.
Nachdem die braven Harteringer die pünktliche Rückkehr hoch und heilig versprochen hatten, mischten sie sich in das Menschengewurl, bestaunten die vielen Buden und die großen Bierzelte und waren ängstlich darauf bedacht, beisammen zu bleiben. Nachdem sie einen Rundgang durch die Budenstraßen gemacht hatten, drängten die Männer darauf, daß man nun endlich in ein Bierzelt gehe, um zunächst einmal den größten Durst zu löschen. Die Frauen hatten nichts dagegen einzuwenden, denn sie hatten immer ein wenig Angst, in dem ungeheuren Menschenstrom von ihren Dorfgenossen abgetrieben zu werden. Wie sollten sie in diesem Menschenmeer ihre Leute dann wieder finden?
In dem riesigen Zelt einer bekannten Münchner Brauerei fanden sie, weil es noch ziemlich früh am Tag war, einige unbesetzte Tische, an denen sie sich niederließen. Bald standen die schäumenden Maßkrüge vor ihnen, und die Frauen begannen die Brotzeiten auszupackeln, die sie fürsorglich von daheim mitgebracht hatten. Es hob ein fröhliches Schmausen und Trinken an, und bald waren sie eingefangen in die allgemeine Grüabigkeit, die dieses große bayerische Volksfest ausstrahlt, und der sich niemand entziehen kann. Die Kapelle spielte alte bayerische Lieder und Märsche, Landler und Potpourris, und die Musiker hätten die Gäste gar nicht so oft zum Trinken zu animieren brauchen mit der Aufforderung: »Oans, zwoa, gsuffa!«, denn die

wackeren Harteringer Männer hoben auch ohne gutes Zureden den Maßkrug mit lobenswertem Eifer. Ihr einstimmiges Urteil war, daß dieses Wiesnbier ein ganz vorzügliches Trankerl sei, das in den Schlund »obalafft wia Öl«. Moosbichler meinte: »Dös is scho ganz was anders, wia unserm Wirt sei Scheesnlack (Chaisenlack), den wo er acht Tag lang aus oam Faßl ausschenkt!« Der Forstaufseher war den anderen Männern gegenüber im Vorteil, denn seine Frau war nicht dabei. Während die übrigen Harteringer Zecher von ihren besseren Hälften dauernd ermahnt wurden: »Sauf do net so vui!«, hatte Moosbichler keine derartige Bremse und nützte das weidlich aus.

Als nach einigen Stunden das Zelt allmählich drucktvoll wurde und viele Leute gar keinen Platz mehr bekamen, waren die guten Harteringer schon in sehr guter Stimmung. Die Unterhaltung wurde immer lauter, das Lachen dröhnender und die Köpfe heißer und röter. Einer der fröhlichsten war Moosbichler. Sein Lachen übertönte sogar die Musik, von der nicht einmal ein Schwerhöriger behaupten konnte, daß sie piano spielte. Durch seine Lustigkeit und durch seine imposante Gestalt lenkte der Muckl die Aufmerksamkeit einer angeheiterten Gesellschaft am Nebentisch auf sich und seine Zechgenossen. Animiert sahen die Leute zum Harteringer Tisch hinüber, und nun hob einer der Männer seinen Maßkrug und prostete Moosbichler zu. Lachend tat der Forstaufseher dem Fremden Bescheid. Damit waren die diplomatischen Beziehungen zum Nachbartisch angeknüpft. Einer der Fremden rief herüber: »Was seid ihr für Landsleute? Seid ihr echte Bayern?«

Diese Frage hatte der gute Muckl nun wirklich nicht erwartet und er hielt sie für saudumm. Ganz entrüstet fragte

er zurück: »Glaubst du vielleicht, mir san Neger oder Preißn?«
Schallendes Gelächter bei den Fremden. »Die Preußen mögt ihr wohl gar nicht, was?«, wurde vom Nachbartisch gefragt.
»Naa, net bsunders«, gab Moosbichler ehrlich zu. Dann fragte er: »Und wo kemmts nacha ihr her, wenn ma fragn derf, Herr Nachbar?«
»Wir sind von Berlin und Umgebung, also waschechte Preußen«, war der Bescheid.
»Bluatsa«, sagte der Muckl verblüfft. »Preißn seids ihr? Dös gibt's doch gar net! Ihr werds von Berlin bis Minka abafahrn zwengs am Oktoberfest! Dös glaubt doch der stärkst Mo net! Ihr wollts mi ja bloß derbleckn!«
»Wegen dem Oktoberfest allein sind wir natürlich nicht gekommen. Wir sind auf Urlaub und fahren morgen weiter ins Gebirge«, erwiderte der Sprecher der Preußen.
Die völkerverbindende Atmosphäre des Oktoberfestes bewirkte, daß nach kurzer Zeit die beiden Tischgesellschaften verbrüdert waren. Bayern und Preußen saßen in bunter Reihe, lachten, machten Witze und soffen einträchtig. Der Lustigste der Preußen, ein schlanker, braungebrannter Herr, setzte sich neben Moosbichler, weil er den Forstaufseher vom Nebentisch aus schon lange beobachtet hatte und in ihm mit Recht ein Original vermutete. Die beiden unterhielten sich angeregt und sprachen dem Gerstensaft ausgiebig zu. Die gehobene Stimmung gedieh zur Ausgelassenheit, und plötzlich hieb Moosbichler seinem Nachbar die Riesenpratze auf die Schulter, daß dem beinahe das Schlüsselbein gebrochen wäre, und rief: »Du bist a zünftigs Haus, Herr Nachbar. Dös hätt i net denkt, daß a Preiß

so zünfti sei ko. Und saufn kost aa wiar a Braumoaster! Prost, liaber Freind!«

Die beiden Maßkrüge stießen aneinander wie die Puffer rangierender Eisenbahnwaggons. Als sich Moosbichler nachher den Schaum aus dem Bart wischte, sagte er: »Dös wenn i 'm Herrn Forstverwalter verzähl, daß i auf der Wiesn mit am Preißn gsuffa hab, und daß i mi so guat mit eahm verstandn hab, dös glaubt mir der nia!«

Der Preuße horchte auf und fragte interessiert: »Sie kennen – du kennst einen Forstverwalter?«

Der Muckl lachte und sagte: »Waar scho guat, wenn i den net kenna taat. Der is doch mei Chef! Dem hab i doch zu verdankn, daß i Forstaufseher worn bin. Ohne den waar i heit no Holzhauer oder höchstens Rottmoasta!«

Der preußische Saufkumpan Moosbichlers war von Beruf Revierförster. Um aber dem guten Muckl die Unbefangenheit nicht zu nehmen, sagte er: »Was, du bist Forstaufseher? Mensch, das muß begossen werden! Ich bin nämlich auch Forstaufseher. Junge, Junge, so ein Zufall! Komme ich da aus der Berliner Gegend hierher nach München und treffe unter den hunderttausend Menschen ausgerechnet mit einem Kollegen zusammen!«

Diese Eröffnung bewirkte, daß sich Moosbichler um ein Haar eines Totschlages schuldig gemacht hätte. Außer Rand und Band vor Freude hieb er dem »Kollegen« mit aller Wucht seine ungeheuer große Hand auf den Rücken, daß der erschrockene Revierförster beinahe samt dem Stuhl in den Boden gefahren wäre. Dabei brüllte der begeisterte Muckl: »Wos, du bist a Kolleg? Ja, da verreckst doch glei! Jetzt woaß i aa, warum du a so a grüabiger Mo bist. Du warst mir scho glei so sympathisch! – He, du, Kellnerin, a frische Maß, aber gschwind, daß i mit meim Kollegn ansteßn ko!«

Die bayerisch-preußische Tischgesellschaft amüsierte sich über die beiden Forstleute, die sich ununterbrochen zutranken, königlich. Der Revierförster hatte seine helle Freude an dem originellen Muckl, der sich vor Begeisterung gar nicht mehr auskannte. Es konnte bald nicht mehr verborgen bleiben, daß die zwei Kollegen allmählich anfingen blau zu werden. Sie beteiligten sich auch an dem Gesang, der in dem brodelnden Bierzelt ab und zu angestimmt wurde. Moosbichlers Beitrag war zwar grundfalsch, aber enorm laut und löste allgemeine Heiterkeit aus.

Als der Revierförster nun ein Brathendl aß, das er bei der Kellnerin bestellt hatte, beobachtete Moosbichler seinen Nachbar von der Seite und wunderte sich über dessen gepflegte Hände und über die Gewandtheit, mit der dieser Messer und Gabel handhabte. Der ehrliche Muckl machte seiner Verwunderung Luft mit den Worten: »Woaßt, Kolleg, dös muaß i scho sagn, als Forstaufseher bist du scho a saumäßig feiner Binkl! Und ozogn bist aa wiar a besserner Herr! San denn bei eich in Preißn die untern Forstbeamten so guat zahlt?«

Schlagfertig antwortete der Angesprochene: »Wir haben auch nicht mehr Gehalt als die bayerischen Forstbeamten. Aber weißt du, wir tragen in Preußen im Dienst nur Uniform, und da kann man sich schon einmal einen anständigen Zivilanzug leisten, denn man trägt ihn nur selten, und deswegen bleibt er viele Jahre lang wie neu.«

Das war plausibel und Moosbichler war beruhigt. »Ja«, sagte er, »dös hab ich scho amal ghört, daß die preißischen Forstleit Uniform tragn. I hab gar koane, und n' Herrn

Forstverwalter, mein Chef, hab i die fuchzehn Jahr, die wo i'n jetz kenn, aa no nia in Uniform gsehgn.«

»Siehst du«, meinte der Revierförster, »bei euch haben viele Forstbeamte keine Uniform und bei uns haben manche keinen Zivilanzug. Andere Länder, andere Sitten!«

Nach dem Essen wandte sich der preußische Forstmann an Moosbichler: »Kollege, ich muß jetzt einmal einen Kognak trinken oder einen Korn. Ich kann das viele Bier nicht vertragen. Komm, wir wollen schnell in ein nettes Lokal hier in der Nähe gehen und einen trinken. Anschließend genehmigen wir uns dann einen starken Bohnenkaffee. Du bist natürlich mein Gast!«

»Woos?«, wunderte sich Moosbichler, »du willst auf dös viele Bier an Schnaps trinkn? Mei, da werst aber an saubern Affn kriagn!«

»Im Gegenteil«, lachte der Revierförster, »da werde ich wieder nüchtern. Wir trinken in Preußen immer Kognak zum Bier. Komm nur mit und probiere es, wirst sehen, daß du wieder ganz helle wirst!«

»Ihr müaßts ja Saumägn habn, ihr Preißn«, stellte Moosbichler fest, »wenn ös zum Bier an Schnaps trinkts und von dem Schnaps wieder nüachtern werds. Aber i geh scho mit, wenn d' moanst«, und stellte die ungeheuerliche Behauptung auf: »I bin ja no nüachtern!«

Die beiden ungleichen Freunde erhoben sich also, verabschiedeten sich von ihrer Gesellschaft für eine Stunde und gingen auf sehr unsicheren Beinen zum Ausgang. Draußen atmeten sie mit Behagen die frische Nachtluft ein und wankten Arm in Arm durch das Gedränge der Budenstadt. Nach so manchem Zusammenstoß mit ebenso »Nüchternen« erreichten sie endlich die Grenze der Festwiese. Der

Revierförster steuerte auf einen Schutzmann zu und fragte den Beamten nach einem in der Nähe liegenden netten Lokal.
Als sie die Gaststätte betraten, war es einundzwanzig Uhr. Viele Plätze waren schon von angeheiterten Wiesnbesuchern besetzt, und bald schon waren Moosbichler und der Revierförster wieder mitten in einer lustigen Gesellschaft. Was das Oktoberfest doch nicht alles fertigbrachte! Leute, die sich vorher nie im Leben gesehen hatten, unterhielten sich und scherzten miteinander, als wären sie uralte Bekannte. Moosbichler gefiel das sehr, jedoch bekam ihm die Medizin des preußischen Kollegen gar nicht. Nach jedem Kognak wurde er blauer und in der allgemeinen Fröhlichkeit vergaß er Gott und die Welt – und die Zeit! Als er dann doch einmal auf die Uhr sah, erschrak er zu Tode und war mit einem Schlag nüchtern. Ungläubig starrte er auf das Zifferblatt, dann hielt er die Uhr an das Ohr. Sie tickte. Die Zeiger standen auf halb zwei Uhr! Kleinlaut fragte er den Revierförster: »Wieviel Uhr hastn du?« Der schob die Manschette zurück, sah auf das Handgelenk und sagte: »Halb zwei. Warum fragst du nach der Zeit, Kollege? Dem Glücklichen schlägt doch keine Stunde, und so jung kommen wir nicht mehr zusammen! Prost!«
Aber anstatt dem Zechkumpan Bescheid zu tun, stieß der Muckl erschrocken hervor: »Mei Omnibus is weg!«
»Dein Omnibus?« fragte der Preuße. »Du bist mit einem Omnibus da? Wann ist er denn zurückgefahren?«
»Um halbi zwölfi is er abgfahrn«, gab Moosbichler Bescheid.
»Wie weit hast du denn nach Hause?«, wollte der Revierförster wissen.

»Guate hundert Kilometer. Unser Dorf liegt an der Donau«, erklärte Moosbichler.
Weil der Muckl ganz kreuzunglücklich dasaß, tröstete ihn der preußische Forstmann: »Das ist doch nicht so schlimm, Kollege. Da fährst du halt morgen mit der Bahn nach Hause und heute nacht kommst du mit in mein Hotel. In meinem Zimmer steht eine Couch, da kannst du wunderbar ausschlafen.«
»Ja, ja, dös is scho recht – aber mei Frau! Was moanst, was die für a Angst hat, wenn i net mit die andern hoamkimm. Und wia die schimpft!«
»Aber Kollege Moosbichler, du, ein Kerl wie ein Baum, wirst dich doch nicht vor deiner Frau fürchten!«
»Deszweng is ja gar net! Fürchtn tua i s' net – aber die Angst, die wo die hat – was glaubst, was die für a Angst hat, Jessas, Jessas, i mog gar net dro denka!«
»Die hat doch keine Angst, Kollege! Reg dich doch nicht so auf! Deine Frau weiß doch, daß du in München bist. Was kann dir da schon passieren? Das ist doch nicht so, als wenn du nicht vom Wald heimgekommen wärst!«
»Mei, da kennst du mei Frau schlecht! Die vergeht vor Angst! Die siecht mi sicher scho im Kranknhaus mit abgfahrne Haxn oder im Leichnschauhaus. Unter am schwern Verkehrsunfall tuat die's bestimmt net!«
Wie ein Häuferl Elend saß der Muckl da, und alles gute Zureden half nichts. Da kam dem Revierförster eine Idee: »Paß auf, Kollege«, sagte er, »wir schicken deiner Frau ein Telegramm. Das hat sie dann morgen früh – das heißt heute früh. Wir telegrafieren: ›Habe Omnibus versäumt, bin gesund, komme mit nächstem Zug. Muckl.‹«
Auf diesen Vorschlag hin bekam der Preuße den dritten

gewaltigen Schlag von Moosbichlers bayerischer Hand, und erleichtert stellte der Muckl fest: »Du bist a Pfunds-Kerl, Kolleg! Auf den Gedankn waar i bei Gott net kemma, daß ma da telegrafieren kunnt! Jammerschad, daß du a Preiß bist! Prost, liaber Freind!«
Weil aber Hartering nur eine kleine Postagentur hat, die ihren Schalter erst um acht Uhr öffnet, kam das Telegramm nicht vor halb neun Uhr an. Frau Moosbichler aber war in ihrer Verzweiflung schon um sieben Uhr zum Forsthaus geradelt und klagte meinem Vater in heller Aufregung:
»Herr Forstverwalter, a Unglück is gschehgn! Der Muckl is net hoamkemma von Minka vom Oktoberfest!«
Mein Vater versuchte, sie zu beruhigen und bat sie, in Ruhe zu erzählen, was denn vorgefallen sei.
»Ja, wenn i dös wissat, Herr Forstverwalter! Der Schoffär vom Omnibus hat bis zwölfi auf eahm gwart, aber weil er net kemma is, is er ohne eahm abgfahrn!«
»Deswegen brauchen Sie sich doch net so aufregen, Frau Moosbichler. Vielleicht hat er den Parkplatz nimmer gefunden und kommt heut mit dem Mittagszug. War er denn net mit den anderen beisammen?«
»Dös is 's ja grad, Herr Forstverwalter! Z'erst war er scho mit die andern beinand im Bierzelt. Da hat er dann an preißischn Forstaufseher kennaglernt, hat die Oberhoferin gsagt, die wo dabeigwen is. Mit dem hat er recht gsuffa und nacha san die zwoa ganga, weil der Preiß an Schnaps hat trinka wolln. In a Stund wolltns zruck sei, aber kemma sans nimmer. Werd eahm do nix passiert sei, meim Mo! Jessas Maria und Josef, werd er do net überfahrn worn sei! Er hat doch scho oan sitzn ghabt, wia s' ganga san, hat d'Oberhoferin gsagt.«

»Denken Sie doch net immer gleich ans Schlimmste, Frau Moosbichler«, tröstete mein Vater. »Ihr Mann hat mit seinem Kollegen sicher irgendwo gezecht und hat einfach die Abfahrtszeit versäumt!«

»Oder ob er lei den andern recht hergschlagn hat, der Muckl, und deszweng vahaft worn is?«, gab die Moosbichlerin zu bedenken.

»Aber warum soll er den Mann denn verdroschen haben? Das ist doch ein ganz absurder Gedanke!«, wandte mein Vater ein.

»No, weil der ander, der wo 'n Muckl verschleppt hat, doch a Preiß gwen is!«, stellte die besorgte Frau fest.

»Aber Frau Moosbichler, das ist doch kein Grund, jemanden zu schlagen, nur weil er ein Preuß ist. Einzelne Preußen können sogar sehr nette Leut sein. Nur wenn sie in Massen auftreten, können sie unangenehm sein und uns auf die Nerven fallen.«

»Moanans? – Aber wissens scho, Herr Forstverwalter, wia die Mannsbuider san, wenn s' z'vui gsuffa ham. Da ko ma nia net wissn, was passiert!«

»Gar nix ist passiert, Frau Moosbichler! Ich bin fest davon überzeugt, daß Ihr Mann mit dem Mittagszug kommt. Sie werden sehen, daß ich recht hab!«

Halbwegs getröstet machte sich die gute Frau auf den Heimweg. Aber um zehn Uhr war sie schon wieder im Forsthaus. Diesmal traf sie aber nur meine Mutter an, denn Vater war inzwischen in den Wald gegangen. Mit lachendem Gesicht zeigte sie ihr das Telegramm und sagte strahlend:

»Der Herr Forstverwalter hat doch recht ghabt. Meim guatn Bärn is nix passiert! Mei, bin i froh, Frau Forstverwalter, daß er gsund is, mei Muckl! Jetzt geh i aber glei in d' Kirch und dank der Muatta Gottes, daß'n bschützt hat, mein Mo! – Aber wenn er hoamkimmt, dann kann er was derlebn! Mir an solchn Schreck einzjagn!«

Als der Muckl auf der kleinen Station mit einem sehr schlechten Gewissen den Zug verlassen hatte, fiel ihm seine Frau lachend und weinend um den Hals. Was sie ihm aber dann auf dem Heimweg und anschließend noch einige Stunden lang zu Hause erzählt hat, kann ich nicht auf das Papier schreiben. Nur so viel sei verraten, daß der gute Muckl kein einziges Mal den Mund aufzutun brauchte, denn alles, was zu dem Fall zu sagen war, sagte sie, die Moosbichlerin!

JÄGERLATEIN

Der Lehrer von Hartering hatte einen Schwager, der sich sein Brot als Lehrer für Latein und Griechisch an einem Münchner Gymnasium verdiente. Das war ein vollkommen weltfremder Mann, der nicht in der Gegenwart lebte, sondern ganz in der Welt der alten Römer und Griechen aufging. Seine Freizeit verbrachte er ausschließlich in seinem Studierzimmer, wo er von dicken Wälzern über das klassische Altertum umgeben war. Seit seiner Kindheit war er nicht mehr aus der Großstadt herausgekommen und hatte daher gar keine Beziehung zur Natur. Deswegen sagte zu Beginn der großen Sommerferien der Lehrer zu seiner jungen Frau: »Weißt du was, wir werden deinen Bruder Franz für ein paar Wochen zu uns einladen, denn sonst verstaubt er noch vollkommen. Der muß einmal

Landluft in die Lungen kriegen und mit der Natur bekannt gemacht werden.«

Während der ersten Tage fühlte sich der arme Gelehrte in dem stillen, kleinen Dorf gar nicht wohl. Er kam sich vor wie ein verirrter junger Hund. Alles war ihm fremd, und wenn ihn sein Schwager stundenlang im Wald herumführte, um ihm die Schönheiten der Natur zu zeigen, dann kam der Studienrat so erschöpft nach Hause, daß er sich gleich ein paar Stunden hinlegen mußte. Aber bald schon begann er unter der sachverständigen Leitung des Lehrers Geschmack an seiner neuen Umgebung zu finden, und er stürzte sich mit einem solchen Wissensdurst auf das Neue, das er jeden Tag sah, wie er ihn sonst nur für die alten Kulturen aufgebracht hatte. Die blasse Haut bekam eine gesunde Bräune, und er machte jetzt auch schon allein kleine Spaziergänge in die Umgebung. Bei jeder sich bietenden Gelegenheit sprach er die Bauern an und verwikkelte sie in landwirtschaftliche Gespräche. Dabei stellte er aber so einfältige Fragen, daß die biederen Landleute an seinem Verstand zu zweifeln begannen und ihn den »spinnatn Stodtera« nannten.

Eines Tages traf der Studienrat auf einem Waldspaziergang den Forstaufseher Moosbichler. Der kannte den Gelehrten schon vom Sehen und aus den Gesprächen der Bauern. Zwischen den beiden entwickelte sich nun folgendes Gespräch:

Moosbichler: »Grüaß God, der Herr!«

Studienrat: »Grüß Gott – Sie sind wohl der Jäger hier?«

Moosbichler: »Naa, i bin der Forstaufseher.«

Studienrat: »Ist da ein Unterschied?«

Moosbichler: »Dös will i moana! Zwischn Jagd und Forst

is a großer Unterschied, indem daß nämli 's Wild davolafft und die Baam stehnbleibn.«
Studienrat: »Aha – ja, das sehe ich ein. Aber warum haben Sie denn ein Gewehr dabei, wenn Sie nicht Jäger sind?«
Moosbichler: »Dös is zweng die Holzdiab, daß i oan niederschiaßn ko, wenn mi oaner opackt.«
Studienrat: »Kommt denn das vor, daß Sie angegriffen werden?«
Moosbichler: »Ab und zu geht scho oaner mit'm Hackl auf mi los.«
Studienrat: »Und was machen Sie in einem solchen Fall?«
Moosbichler: »No ja, nacha schiaß i eahm halt nieder!«
Studienrat entsetzt: »Sie schießen ihn einfach nieder? Ja, dürfen Sie denn das?«
Moosbichler: »Da frag i net lang. Is ja eh net schad, wenn

so a Lump hin is. – Manchmal daschlag i s' aa bloß mit meim Oachastecka.«

Der Gelehrte schluckte schwer und stammelte: »Wie viele haben Sie denn schon erschossen und erschlagen?«

Moosbichler paffte ein paar Wolken aus seiner Pfeife und sagte: »Ja mei, so genau kunnt i dös nimmer sagn. – Zwoa Dutznd wern's beileifi scho sei, wenn's glangt.«

»Mann Gottes«, rief der Studienrat erschrocken, »zwei Dutzend Menschen haben Sie schon umgebracht?«

Moosbichler strich sich mit der Pfeifenspitze behaglich die Schnurrbarthaare aus den Lippen und meinte: »Dös warn ja koane Leit aus unserm Dorf, sondern bloß Korbmacher von Rohrdorf!«

»Aber du lieber Himmel, das waren doch auch Menschen! Sind Sie denn da nicht vor Gericht gekommen?«

»Vor's Gricht?«, fragte Moosbichler, »aber dös erfahrt doch neamd. I grab doch jedn im Wald glei ein, wenn i oan daschossn hab. Dann is er oafach weg – verscholln!«

»Und die Angehörigen Ihrer Opfer – suchen die denn nicht nach dem Vermißten?«, fragte der Studienrat mit rauher Stimme.

»Am Anfang scho«, sagte Moosbichler, »aber mit der Zeit beruhign sie sich scho wieder.«

»Entsetzlich, ganz entsetzlich!«, stieß der arme Bücherwurm hervor. »Ich hätte nie gedacht, daß auf dem Lande so rauhe Sitten herrschen. Das sind ja Zustände wie bei den Urmenschen! – Und auf die Jagd gehen Sie gar nicht?«

»Naa«, erwiderte der Forstaufseher, »die Jagd ghört dem Herrn Forstverwalter.«

»Der schießt das Wild?«, wollte der Studienrat wissen.

»Ab und zua schiaßt er scho«, gab Moosbichler Bescheid,

»meistens aber draaht er dene Viecher bloß as Gnack ab, weil er da Patrona spart.«

»Was, er dreht den Tieren das Genick ab? Da muß er sie doch aber vorher fangen! Wie macht er denn das?«

»Da braucht er nix fanga«, belehrte Moosbichler todernst. »Sie wissn doch vielleicht, daß beispielsmaßi a Reh, wenn's oan siecht, oschaugt und koa Aug mehr von oam laßt.«

»Ja, das habe ich schon gesehen, als ich neulich abends mit meinem Schwager im Wald war«, bestätigte der Gelehrte.

»No also, sehgn S', da geht ma dann bloß im Kreis um dös Reh rum, dös oam allawei nachschaugt und sich auf die Weis selber as Gnack abdraaht.«

»Ach soo macht man das!?«, sagte der weltfremde Pädagoge. »Sehen Sie, von solchen Dingen hat man in der Stadt keine Ahnung.«

Weil ihm Moosbichler aber wegen der zwei Dutzend erschossenen und erschlagenen Holzdiebe unheimlich war, verabschiedete er sich ziemlich rasch von ihm und ging schnurstracks nach Hause. Noch ganz erschüttert erzählte er seinen Angehörigen, was er soeben von dem wilden Forstaufseher erfahren hatte, und es fiel ihm ein Stein vom Herzen, als seine Schwester und sein Schwager Tränen lachten und ihm versicherten, daß er dem größten Original der ganzen Gegend aufgesessen sei und daß im Wald bestimmt keine Leichen vergraben seien.

WAS IST EIN BAYER?

Nach der Treibjagd waren wir – Schützen und Treiber – beim Wirt eingekehrt. Die Wirtin hatte ein vorzügliches Hasenragout mit Semmelknödeln zubereitet, und der Wirt kredenzte einen recht trinkbaren Wein dazu. Wir waren ausgefroren, hungrig und durstig. Daher kam es wohl, daß wir erst weit nach Mitternacht die gastliche Stätte verließen und mancher von uns nicht mehr ganz sicher auf den Beinen stand.

Es mag gegen halb zwei Uhr gewesen sein, als ich mit meinem Vater und dem Lehrer dem Schulhaus zustrebte, wo wir unsere Fahrräder eingestellt hatten. Einige Meter vor uns gingen der Forstaufseher Moosbichler und dessen Schwager, der Schmied Bachleitner. Nach Art von Leuten, die einen kleinen sitzen haben, unterhielten sich die beiden so laut miteinander, daß wir jedes Wort verstehen konnten.

»Du, Michl«, fragte Moosbichler, »hast du den Witz ghört, den wo der Dokta von Rohrdorf am Jagatisch verzählt hat?«

»Naa, den hab i net ghört. – Verzähl!«

»Also, paß auf! – Was ist ein Bayer?«

»Was a Bayer is? – Dös is doch a Frag, aber koa Witz net«, stellte der Schmied fest. »Mir san halt Bayern!«

»Freili is dös a Frag – aber die Antwort is a Witz«, verteidigte sich Moosbichler.

»Also dann ruck scho raus mit der Antwort, die wo a Witz is«, drängte der Bachleitner.

Weil die Formulierung der Antwort für Moosbichler etwas schwierig war, dozierte er in hochdeutscher Sprache: »Ein Bayer ist das Produkt eines total mißlungenen Versuches, aus einem Österreicher einen Preußen zu machen.«

Der Schmied blieb stehen, hieb sich klatschend aufs Knie und schrie: »Guat, guat sag i! Dös is a Pfunds-Witz – und wahr is er aa! Den muaß i glei morgn meim Vattern und meiner Altn verzähln. Die lacha si an Kropf! Hahahaha – Ein Bayer is der Versuch eines Produktes, aus einem total mißlungenen Preißn ... geh, sag's no amal – wia hoaßt's?«
»Jetzt hast as vollkommen durchananderbracht«, sagte Moosbichler. »Du muaßt logisch mitdenkn, dann is die Gschicht ganz leicht. Also lus guat zua«, und nun sagte der Muckl seinem Schwager den Satz nochmal langsam vor.
»Ja, jetzt woaß i's wieder«, sagte der Schmied. »Also, ein Bayer ist ein Produkt – naa – das totale Produkt, aus einem Österreicher einen Versuch mit einem Preißn zu machn.«
»Depp, damischer«, fuhr Moosbichler seinen Schwager an, »jetz hast as ja no mehra durchananderbracht wia vorhin. Logisch denkn, sag i, loogisch!« Und wieder sprach er ihm den Satz vor. »So, jetzt sag's nach!«
Der Schmied begann: »Ein Bayer ist das Produkt aus einem Österreicher – naa – ein Bayer ist das total mißlungene Produkt, aus einem Österreicher den Versuch eines Preißn zu machn. – Jetzt hab is!«
»Nix hast, a Rindviech bist«, stellte Moosbichler fest. »Dös gibt doch gar koan Sinn net, was du da daherredst! Paß auf, Michl, i sag dir's jetzt bröckerlweis vor und du sagst as nach! Also fang mal an: Ein Bayer ist das Produkt ...«
»Ein Bayer ist das Produkt ...«
»eines total mißlungenen Preißn ... naa, Herrschaftseitn, jetzt hast mi selber scho ganz bled gmacht – eines total mißlungenen Versuchs hoaßt's ...«
»eines total mißlungenen Versuchs hoaßts ...«

»Net ›hoaßts‹ – dös brauchst doch net dazuasagn, du spinnata Teifi – oafach: eines total mißlungenen Versuchs . . .«
»oafach eines total mißlungenen Versuchs . . .«
»Jetzt sagt dös Rindviech wieder ›oafach‹ – dös hab doch bloß i gsagt! Dös ghört doch net dazua, begreifst denn dös net, Michl?«
»Warum sagst as aber nacha, wenn's net dazua ghört?«
»Ach, du bist ja a Hausdepp«, machte sich Moosbichler Luft. »Fahrn ma weiter, daß ma firti wern: aus einem Preißn einen Österreicher zu machn – naa, also, da mögst do glei verreckn – 's Bledsei steckt pfeigrad an! Jetzt bring i scho selber alles durchanander – aus einem Österreicher einen Bayern – naa, Himmischimmi – einen Preißn zu machn. So, und jetzt sag i dir den ganzen Satz noamal vor, und wenn d'n dann noch net kannst, dann kannst mi . . .! Also, paß guat auf: Ein Bayer ist der Versuch – naa– das Produkt eines totalen österreichischen Versuchs . . . Jetzt kann i's selber nimmer! Woaßt was, Michl, verzählst morgn deim Vattern an andern Witz!«

DIE FUCHSLEBER

Wegen zweier eifersüchtiger Burschen kam Moosbichler einmal in ein schauderhaftes Schlamassel und mußte sich deswegen sogar vor Gericht verantworten, obwohl er an der ganzen Sache vollkommen unschuldig war. Das kam so: Der Hierangl Vinzenz und der Brandner Sepp waren zwei ganz dicke Spezeln. Schon in der Schule waren sie unzertrennlich und später haben sie bei Wirtshausraufereien so manches Mal Schulter an Schulter ihren Mann gestanden.

Diese jahrelange Freundschaft bekam aber eines Tages einen Riß, als sich nämlich herausstellte, daß sich beide in das gleiche Madl verliebt hatten. Die Burzler Kathi war aber auch wirklich ein bildsauberes Dirndl, und daß ihr Vater einen der größten und schönsten Höfe des Dorfes besaß, war auch gerade kein Nachteil. Weil die lustige Kathi zu jedem der beiden Anbeter gleich freundlich war, keinen bevorzugte und sich auch nicht festlegte, wurden die Freunde mißtrauische Rivalen und im Laufe der Zeit sogar erbitterte Feinde. Daß die Burzler-Tochter beiden nichts wollte, weil sie heimlich mit dem jungen Lagerhausverwalter versprochen war, wußten sie ja nicht. Der Sepp schaute den Vinzenz nicht mehr an, und für den Vinzenz war der Sepp das, was für den Stier das rote Tuch ist.

Als in einer schönen Mondscheinnacht der Hierangl Vinzenz wieder einmal im Garten vom Burzler-Anwesen in einer Hollerstaudn saß, um eifersüchtig zu beobachten, ob etwa der Brandner Sepp zur Kathi ans Kammerfensterl kam, sah er das Dirndl in Begleitung eines Mannes auf dem Feldweg daherkommen. Am Gartentürl blieben sie stehen, umarmten sich und busselten sich nach allen Regeln der Kunst ab. Dieser Abschied dauerte mindestens eine Viertelstunde lang, während der der Vinzenz in seinem Versteck vor Eifersucht und Wut kochte. Endlich verschwand das Dirndl im Haus, während der Mann langsam die Dorfstraße hinunterschlenderte. Mit langen Schritten folgte ihm der Vinzenz, und als er schon seinen Haselnußstecken fester packte, um den vermeintlichen Sepp ordentlich umeinander zu lassen, erkannte er gerade noch zur rechten Zeit, daß das ja gar nicht der Sepp war, sondern

der Lagerhausverwalter! Schnell bog der Hierangl in eine Seitengasse ein, und als er sich von seiner Überraschung halbwegs erholt hatte, murmelte er vor sich hin: »Bluatsa, dös Saumensch hat uns schö gschlaucht!« Die Liebe zur Kathi war genauso schnell in Haß umgeschlagen wie damals die Freundschaft mit dem Sepp in Feindschaft.
Der Brandner Sepp, der schon im Bett lag, wunderte sich sehr, als er den vertrauten Pfiff hörte, mit dem sich die beiden Freunde früher immer verständigt hatten. Neugierig trat er ans Fenster und rief hinunter: »Was gibt's, – wer is da?« »I bin's, der Vinzenz. Sepp, kimm owa, i muaß dir was Wichtigs sagn!« Ablehnend erwiderte der Brandner: »Du kannst mi am . . .! Mit dir hab i nix z'redn! Schaug, daß d'di schwingst!« Beschwörend bat der Hierangl: »Geh, sei gscheit, Sepp, i bitt di, kimm owa, 's is zweng der Kathi!« Das veranlaßte den Sepp nun doch, zu seinem Nebenbuhler hinunterzugehen, und als er das Erlebnis des Hierangl vernommen hatte, schwur er dem falschen Frauenzimmer entsetzliche Rache. Der Sepp und der Vinzenz aber waren wieder Verbündete und die alten Freunde.
An einem der nächsten Sonntage wurden die ehr- und tugendsame Jungfrau Katharina Burzler, Bauerstochter dahier, und der ehr- und tugendsame Jüngling Xaver Stangl, Lagerhausverwalter dahier, von der Kanzel der Dorfkirche als Brautpaar verkündet. Die Hochzeit sollte am 20. November in der hiesigen Dorfkirche stattfinden. Noch an demselben Sonntag Nachmittag fand im Pferdestall des Brandner-Anwesens zwischen dem Sepp und dem Vinzenz eine Konferenz statt. Einziger Punkt der Tagesordnung war: Wie konnte man der Kathi diese Hochzeit ordentlich

versalzen? Nach zweistündiger Beratung auf der Haferkiste waren sich die beiden Verschwörer darüber einig, daß sie sich vom Forstaufseher Moosbichler eine Fuchsleber besorgen wollten, die getrocknet und zu einem feinen Pulver zerrieben werden sollte. Dieses Pulver sollte die Nichte vom Wirt, die ein Auge auf den Sepp hatte, in die Hochzeitssuppe mischen. Das war ein fürchterlicher Anschlag, denn pulverisierte Fuchsleber ist das wirksamste Abführmittel, das es auf dieser Erde gibt. Sie verhält sich zu Rizinusöl wie ein Atomgeschütz zu einer Pistole.

Weil der Brautvater ein reicher, angesehener Bauer war, wurde die Hochzeit der Kathi mit großem Pomp gefeiert. Am Mahl beim Wirt beteiligten sich über achtzig Personen. Nachdem die Suppe gegessen war und die Mädchen den nächsten Gang des reichlichen Mahles auftrugen, wurde der Herr Pfarrer auf seinem Ehrenplatz unruhig, erhob sich plötzlich und stürmte aus dem Saal. Mit knapper Not erreichte er gerade noch die Türe, auf die zwei Nullen gemalt waren. Kurz darauf durchquerte in höchster Eile die Braut mit fliegendem Schleier den Festsaal in Richtung Ausgang. Aber als sie die Türe zu dem verschwiegenen Örtchen aufriß, war es schon zu spät. Und nun ging es Schlag auf Schlag! In kurzer Zeit war der Saal leer. Vor den Aborten, die natürlich alle besetzt waren, spielten sich unbeschreibliche Szenen ab. Ein Teil der Hochzeitsgäste hockte malerisch auf dem Misthaufen, hinter dem Stall und hinter der Scheune. Es waren aber nur wenige, die noch zur rechten Zeit die Hosen herunterbrachten. Die Frauen heulten, die Männer fluchten, und dazwischen ertönten die Explosionen, die im ursächlichen Zusammenhang mit der Fuchsleber standen.

Die Hochzeit war gründlich gestört. Die Festlichkeit war mit Donnergetöse im wahrsten Sinne des Wortes abgeblasen worden. Am übernächsten Tag sah man in allen Gärten derjenigen Leute, die am Hochzeitsmahl teilgenommen hatten, frischgewaschene Hemden und Unterhosen lustig an den Wäscheleinen flattern.
Wenn der Sepp und der Vinzenz ihr Maul gehalten hätten, dann wäre alles schön und gut gewesen, denn kein Mensch wäre auf die Idee gekommen, daß sie diese Katastrophe verursacht hatten. Aber am Silvesterabend schauten sie ein wenig zu tief in den Maßkrug und renommierten im Wirtshaus vor den anderen Gästen mit ihrer Moritat. Als der Burzler davon erfuhr, erstattete er gegen die beiden Anzeige wegen Körperverletzung. Er hatte nämlich eine fürchterliche Wut auf die Störer der Hochzeit seiner Tochter, denn er mußte schon genug Spott anhören. Im ganzen Dorf und in der Umgebung sprach man nur von der »Dünnschiß-Hochzeit«.
Bei der polizeilichen Vernehmung der Missetäter tauchte natürlich auch die Frage nach der Herkunft der Fuchsleber auf, und da kam heraus, daß dieses Laxiermittel der Forstaufseher Moosbichler geliefert hatte. Deshalb war er bei der Verhandlung vor dem Amtsgericht der Kreisstadt auf der Anklagebank der Dritte im Bunde.
Es ist kaum anzunehmen, daß bei einer Gerichtsverhandlung im Zuhörerraum schon jemals so viel und so laut gelacht worden ist wie bei dieser. Selbst der Richter, der Staatsanwalt und die Beisitzer konnten nicht immer ernst bleiben, als der Vinzenz und der Sepp den Hergang treuherzig schilderten und die gestellten Fragen beantworteten.

Nun wandte sich der Richter an Moosbichler: »Angeklagter, Sie haben Ihren beiden Mitangeklagten die Fuchsleber geliefert?«
»Ja, Herr Richter, dös stimmt. Der Brandner war bei mir und hat mi bitt, i soll eahm a Fuchsleber gebn.«
»Was haben Sie denn darauf geantwortet«, wollte der Richter wissen.
»Pfui Teifi, hab i gsagt, Herr Richter.«
»Pfui Teufel haben Sie gesagt? – Warum?«
»Weil i gmoant hab, er will's fressen, Herr Richter.«
Schallendes Gelächter im Zuhörerraum, unterdrückte Heiterkeit bei den Gerichtspersonen.
»Aber Sie haben ihn dann doch sicher gefragt, wozu er die Fuchsleber haben will?«, meinte der Richter.
»Naa, Herr Richter«, erwiderte Moosbichler, »dös hat er mir selm gsagt. Da hab i net fragn brauchn.«
»Also wußten Sie von dem geplanten Anschlag auf die Hochzeitsgesellschaft«, fragte der Richter streng, und der Staatsanwalt schaute gespannt auf den Angeklagten.
»Naa, Herr Richter«, verteidigte sich Moosbichler, »dös, was er wirkli vorghabt hat, hat er mir net gsagt. Wiar i eahm vorghaltn hab, daß doch koa Mensch a Fuxleber frißt, hat er gsagt, er brauchts ja für seine Roß, weil Fuxleber in Habern neigmischt a guats Mittl gegen Kolik is.«
Nun wandte sich der Richter an den Brandner und fragte: »Stimmt das, daß Sie das zu dem Forstaufseher gesagt haben?«
»Ja!« gab der Sepp kleinlaut zu. »Der Moosbichler hat gar nix von unserm Plan gwißt.«
»Sie haben wirklich nichts von dem Plan gewußt?«, fragte der Richter mißtrauisch den Muckl.

»Wann i's Eahna sag, Herr Richter, koa blasse Ahnung hab i davon net ghabt. Wenn i gwißt hätt, was er damit toa will, hätt i eahm die Fuxleber nia net gebn, weil doch mei Frau verwandt is mit die Burzlers und weil sie doch selber auf der Hochzeit war und i war selm eigladn, hab aber net hinkönna, weil i Grippe ghabt hab. Und mei Frau ... no ja ... kennan S' Eahna scho denkn, Herr Richter ...«

»Was kann ich mir denken?«

»No ja, Herr Richter, wissen S' scho ... mei Frau ... no ja, sie hat ja selm ...«

»Was hat Ihre Frau selber? Nun reden Sie schon endlich, Angeklagter!«

»Also mei Frau ... sie is ja selm zwoa Tag net owakemma vom Heisl.«

Brüllendes Gelächter. Das ganze Amtsgericht hat gezittert. Der Richter beschäftigte sich eifrig mit seinem Taschentuch und seiner Nase, der Staatsanwalt bekam einen Hustenanfall, und Moosbichler wurde wegen erwiesener Unschuld freigesprochen.

DER VERTAUSCHTE HASE

An die kleinen Treibjagden, die mein Vater zwei bis dreimal im Spätherbst und Winter abhielt, erinnere ich mich mit besonderem Vergnügen. Wir waren nie mehr als sechs Schützen und drei bis vier Treiber, und es wurden auch keine großen Strecken gemacht. Dafür aber war die Strecke bunt und abwechslungsreich, denn es kamen Hasen, Fasanen, Wildenten und Füchse vor. Außerdem bot die wun-

derbare Landschaft der Donau-Auen einen großartigen Naturgenuß.
Meist lud mein Vater drei Freunde zu diesen Jagden ein, den Revierförster des Nachbarreviers, einen pensionierten Major von Neuburg und den Landarzt Dr. Thoma von Hartering. Die anderen drei Schützen waren mein Vater, sein treuer Forstaufseher Moosbichler und ich. Die Treiber wurden angeführt von einem pensionierten Wegmacher, der trotz seines hohen Alters durch die verfilztesten Dikkungen schloff und dem keine Anstrengung zu groß war. Als ich einmal einen schwachen Fuchs schoß, begutachtete er ihn sachverständig und kritisch, schnupfte eine Priese Schmalzler und meinte: »O mei, der is aber kloa, den hast gwiß von am Baam obagschossn, dös is ja a Oachkatzl!« Seitdem hieß er bei uns nur mehr »der Oachkatzl«, und ich weiß tatsächlich seinen richtigen Namen nicht mehr.
Nach den Treibjagden kehrten wir meist im Dorfwirtshaus in Hartering ein, wo sich uns noch der Lehrer und der Herr Pfarrer zugesellten. Das wurde dann stets eine sehr ausgedehnte Sitzung, und oft war Mitternacht längst vorüber, wenn wir endlich nach Hause gingen.
Eines Tages war nun wieder einmal so ein kleines Herbstjagdl. Nach dem letzten Treiben lagen auf der Strecke zwei Füchse, sechs Hasen, sieben Fasanengockel, fünf Stockenten, ein starker verwilderter Hauskater und eine Elster. Den Kater und die Elster tat Moosbichler in seinen Rucksack als Atzung für unseren Uhu. Je einen Hasen schenkte mein Vater dem Dr. Thoma und dem Major und je einen Fasanengockel ließ er durch einen Treiber in das Pfarrhaus und in das Schulhaus bringen und den Pfarrer und den Lehrer einladen, an unserer gemütlichen Tafelrunde im

Wirtshaus teilzunehmen. Der Grund, warum dieser Abend ganz besonders ausgelassen wurde, war der, daß Dr. Thoma bei der Jagd seinen ersten Fasanengockel geschossen hatte. Es muß erwähnt werden, daß der Arzt zwar ein sehr passionierter Jäger war, aber als Schütze war er unter aller Kanone. Er schoß, wie sich Moosbichler ausdrückte, »wiar a alte Sau«. Es konnte ihm ein Hase noch so schön kommen oder ein Fasan oder eine Ente noch so schön anstreichen, Dr. Thoma schoß unter Garantie daneben. Er war für das Wild die reinste Lebensversicherung. Von uns allen hatte er den höchsten Munitionsverbrauch, weil er zur Sicherheit meist gleich zweimal hintereinander schoß; aber wenn nach dem Treiben Strecke gelegt wurde, war nur ganz selten einmal ein Hase von Dr. Thoma dabei. Das geschah aber auch nur dann, wenn dieser Hase ein Selbstmörder war und vor dem Doktor ein Hockerl gemacht hatte. Was sich bewegte, traf er nicht. Es ist daher wohl verständlich, daß der Arzt über seinen Zufallstreffer hocherfreut war und überglücklich kundtat, daß er am Abend ein Faßl Bier stiften werde. Meinem Vater legte er die Hand auf die Schulter und bat ihn: »Gelt, Hermann, den Gockl verkaufst mir, denn den möcht i mir ausstopfn lassn.« Lachend erwiderte mein Vater: »Den schenk i dir, Thoma, hast eh schon mehr Patronen bei mir verknallt, als ich je gutmachen könnt.«

Als Arzt war Dr. Thoma bei den Bauern sehr beliebt, obwohl er ein Grobian sondersgleichen war. Wenn er nachts zu einem Patienten gerufen wurde, erkundigte er sich bei dem Anrufer oder bei dem Boten: »Is er wirklich so schwer krank, daß 's net bis morgn früh Zeit hat?« Wenn es dann hieß, sein Besuch sei dringend notwendig, dann sagte er:

»Also gut, i komm – aber wehe, wenn eahm bloß a Furz im Bauch rumgeht, dann holt eahm der Teifl!« Das Tollste leistete er sich einmal bei einem Bauern, der einen Schlaganfall erlitten hatte. Die Angehörigen hatten den Arzt und den Pfarrer geholt. Dr. Thoma untersuchte den Patienten, der bei vollem Bewußtsein war, und sagte nach der Untersuchung: »Bartl, da kann i dir nimmer helfn. Jetzt ghörst der Katz! I hab dir aber scho immer gsagt, du sollst net so viel fressn und saufn!« Dann wandte er sich an den Pfarrer, der auch im Krankenzimmer war, und sagte: »Geh her, Pfarrer, mach dei Sach, damit er no beichtn kann bevor er ummiroast. Viel Zeit hast eh nimmer!« Der Bartl hat sich aber dann doch wieder erholt und lebte noch viele Jahre lang. Dr. Thoma nannte ihn dann nur noch »meine Fehldiagnose«, und der Bartl feixte den Arzt immer, wenn er ihn traf, an: »Siehgst, Dokta, i leb allaweil no!«, worauf Dr. Thoma erwiderte: »Normalerweis müßtest hin sein, aber no ja, Unkraut verdirbt halt net!«

Daß der Forstaufseher Moosbichler diesem rauhbauzigen Dorfarzt sehr sympathisch war, ist wohl klar, denn diese beiden Originale waren ja seelenverwandt. Sie frozzelten sich bei jeder Gelegenheit. Meist aber unterlag Moosbichler bei diesen Foppereien, weil Dr. Thoma ein schärferes Maul hatte. An diesem Abend nach der Jagd aber benützte Moosbichler die Gelegenheit, sich an dem Doktor zu rächen, und das gelang ihm glänzend. Es wurde ein sehr vergnügter und vor allen Dingen ein sehr feuchter Abend, denn der Arzt animierte die Tischrunde unentwegt, seinen Fasanengockel totzutrinken. Selbst der Herr Pfarrer bekam dabei einen kleinen Schwips. Als der Doktor nun auch noch einige Flaschen Wein auffahren ließ, sagte

Moosbichler: »I hab Eahna doch allaweil Unrecht toa, Herr Dokter. I hab gmoant, Sie schiaßn bloß aus Geiz koane Fasanen von zweng dene zwanzg Markl.«

»Wegen dene zwanzg Markl – wieso?«, wollte Dr. Thoma wissen.

Moosbichler paffte eine Rauchwolke vor sich hin und erklärte: »Weil doch der Herr Forstverwalter vor jeder Jagd sagt, es derfn nur Fasanengockl gschossn werdn. Wer aus Versehn a Henna schiaßt, muaß zwanzg Markl an Bund Naturschutz zahln. Und da hab i mir denkt, der Dokter kann die Henna net von die Gockl unterscheidn und deszweng schiaßt er liaber danebn.«

»So, habns Eahna denkt«, konterte der Arzt. »Immerhin hat mi no koa Fuchs in Hintern neibissn, weil i an ohnmächtigen Fuchs von am totn unterscheidn kann. Sowas kann bloß Eahna passiern, Moosbichler.«

»I bin aber aa koa Dokta« entgegnete der Muckl. Dann lächelte er verschmitzt und frage seinen Widersacher augenzwinkernd: »Wia gehts denn übrigns dem Bartl, ha? I hab ghört, den hat scho amal a Dokta aufgebn, und gestern hat er Mist auf sein Acker nausgfahrn. I glaub, der is Eahna aa no an Biß in Hintern schuldig, Herr Dokta!«

»Bravo, Moosbichler«, rief der Herr Pfarrer begeistert. »Geben Sie's dem Grobian nur ordentlich. Ich war damals am Krankenbett des armen Bartl wirklich entsetzt über unseren zartbesaiteten Doktor.«

»No ja, Pfarrer«, meinte der Arzt, »so zartbesaitet is ja der Moosbichler grad aa net. Ich hab nämlich schon amal an Patienten ghabt, dem der Moosbichler so nebenbei a ganz schöne Gehirnerschütterung beibracht hat mit seine zartn Handerln.«

So ging es hin und her, bis wir uns endlich weit nach Mitternacht trennten und nach Hause gingen. Als meine Eltern und ich am nächsten Morgen beim Frühstück saßen, läutete das Telefon. Vater nahm den Hörer ab und meldete sich. Es entwickelte sich folgendes Gespräch:

»Hier ist Thoma! Weißt, Hermann, du bist schon wirklich ein Himmelhund!«

»Warum bin ich ein Himmelhund?«, wollte Vater wissen.

»Weil der Has, den d' mir gestern verehrt hast, über Nacht in meim Rucksack a Metamorphose durchgmacht hat.«

»A Metamorphose?« fragte mein Vater. »Warum, in was hat er sich denn verwandelt?«

»Du brauchst mi grad no so saudumm fragn«, polterte Dr. Thoma. »Woaßt, was i dir wünsch, daß d' amal krank wirst – net arg, aber so, daß d' mi brauchst. Dann kannst aber was erlebn! I gib dir Rizinus und a Klistier, daß di der Teifl holt!« Nach dieser Drohung hängte Dr. Thoma ein, noch bevor mein Vater etwas erwidern konnte.

Nach diesem Gespräch kam Vater wieder zu Mutter und mir an den Frühstückstisch und sagte: »Ich glaub, der Thoma spinnt«, und erzählte uns die Unterredung, die er eben mit dem Arzt gehabt hatte. Als wir noch daran herumrätselten, was der Doktor wohl gemeint haben könne, kam Moosbichler.

»Ach, Sie bringen wohl den Kater und die Elster fürn Uhu?«, begrüßte ihn mein Vater.

»Die Elster hab i scho, Herr Forstverwalter«, grinste Moosbichler. »Den Kater aber hat der Dokta. I hab Eahna dafür dem Dokta sein Hasn mitbracht.«

»Wieso kommt der Doktor zum Kater und Sie zum Doktor seim Hasn?«

»Ja, wissn S', Herr Forstverwalter, dös is so: Gestern hat mi doch der Dokta wieder so derbleckt. Da bin i dann amal nausganga, hab mein und dem Dokta sein Rucksack mitgnommen und hab in der Kuchl vom Wirt die Katz mitm Hasn vertauscht. Dann hab i die Rucksäck wieder auf die Bank praktiziert. Der wird schön schaugn, wenn er sein Rucksack auspackt!«
Wir lachten schallend, und nun war uns auch das Telefongespräch klar. Mein Vater sagte: »Er hat'n schon auspackelt sein Rucksack, Moosbichler. Vor zehn Minuten hat mich der Doktor angrufn und hat mir Rizinus und a Klistier angedroht, weil er gmeint hat, ich hätt ihm die Katz in sein Rucksack praktiziert.«
»Wos, Sie hat er im Verdacht?«, wunderte sich Moosbichler. »Mei, dös hab i aber net wolln!«
»Dös macht doch nix, Moosbichler! Ich freu mich sogar über die Pfundsgaudi. Jetzt bringen S' aber dem Doktor gleich seinen Hasen und lassen Sie sich den Kater wieder geben, denn den brauch ich fürn Uhu!«
»Jessas, der frißt mi ja, der Dokta«, gab Moosbichler zu bedenken. »Da schick i liaber mei Frau hin, die kann er net zammschimpfn.«
Das Problem löste aber meine Mutter, die mit Frau Thoma befreundet war. »Ich bin der Traudl so schon lang einen Besuch schuldig«, sagte sie. »Da fahr ich heut nachmittag zu ihr, bring ihr den Hasen und laß mir den Kater geben.«
Moosbichler ging daraufhin sehr erleichtert nach Hause.

WER MEINEM HUND AUF DIE ZEHEN TRITT....

Mein Vater war ein großer Liebhaber von Deutsch-Kurzhaar-Hühnerhunden, und solange ich zurückdenken kann, hatte er immer einen Deutsch-Kurzhaar. Er kaufte sie als kleine Welpen und zog sie liebevoll auf. Es waren prachtvolle Tiere, denn er erwarb sie nur aus Zuchten mit hervorragenden Elterntieren und suchte die Welpen selbst aus. Dabei kam es ihm auf den Preis gar nicht an, obwohl er sonst nicht verschwenderisch war. Die Behandlung, die er seinen Hunden zuteil werden ließ, war so, daß einmal einer seiner Freunde sagte: »Ich möcht entweder Millionär sein oder ein Hund bei dir.«

Zu der Zeit, als Moosbichler bei ihm Forstaufseher war, hatte mein Vater einmal einen ganz besonders schönen Deutsch-Kurzhaar, der erste Preise auf Ausstellungen bekam. Moosbichler, der auch ein großer Hundefreund war, war begeistert von diesem herrlichen Tier, und im Laufe der Zeit entwickelte sich zwischen ihm und dem Hund eine ganz dicke Freundschaft. Wenn wir unseren »Rino« im Garten ein Freudengeheul ausstoßen hörten – er schrie geradezu vor Freude –, dann wußten wir: aha, da kommt der Moosbichler! Der Hund sprang dem riesenhaften Forstaufseher an die Brust, versuchte ihm das Gesicht zu lecken und traf ernsthafte Anstalten, ihn vor Freude und Liebe aufzufressen. Zu meinem Vater sagte Moosbichler oft: »Bloß oan Wunsch hätt i – nämli, daß i aa amal so an schön Hund hätt wia Ihrn Rino!«

Weil Rino durch seine Ausstellungspreise bei den Kynologen bekannt war, durfte er oft als Deckrüde fungieren.

Für das Decken bezahlten die Besitzer der Hündinnen entweder einen Geldbetrag, oder mein Vater konnte sich aus dem Wurf einen Welpen aussuchen. Als Rino einmal mit einer ganz besonders schönen Braut Hochzeit feierte, vereinbarte mein Vater mit dem Besitzer der Hündin einen Welpen als Deckpreis. Den wollte er seinem treuen Untergebenen schenken als kleine Anerkennung für seine Anhänglichkeit und für die mannigfachen persönlichen Dienste, die Moosbichler meinem Vater unaufgefordert erwies. Davon sagte er dem Muckl aber nichts, denn das sollte eine Überraschung werden. Die Hündin warf fünf Welpen, drei Rüden und zwei Hündinnen. Als die Welpen zehn Wochen alt waren, sagte mein Vater zu seinem Forstaufseher:
»Moosbichler, ich muß morgen in die Gegend von Donauwörth fahren. Dort hat eine Hündin fünf Welpen vom Rino. Ich hab mir als Deckpreis einen Welpen ausbedungen, den ich morgen raussuchen und gleich mitnehmen möcht. Sie verstehen doch auch was von Hunden. Möchten S' net mitfahren und mich beim Auswählen beraten?«
Moosbichler war gleich Feuer und Flamme für diesen Vorschlag, und als er am nächsten Tag die Hündin und die Welpen sah, geriet er vollkommen aus dem Häuschen vor Entzücken. Von den herumwurlenden fünf Welpen packte er einen kleinen Rüden, hob ihn in die Höhe und sagte aufgeregt: »Herr Forstverwalter, dös is ganz der Rino! Schaugn S'n nur o, auf und ebn der Rino! Den nehmen S', Herr Forstverwalter!« Also ließ sich mein Vater den Stammbaum dieses Rüden aushändigen, Moosbichler nahm den kleinen Hund auf den Arm und so fuhren sie selbdritt wieder nach Hause. Der kleine Welpe kam zu uns

ins Forsthaus, denn Moosbichler sollte ihn erst zu seinem Geburtstag bekommen, der drei Wochen später war.
Am Vorabend von Moosbichlers Geburtstag ließ Vater den Hund, ein Pfund Tabak, eine neue Pfeife und einen Glückwunschbrief durch unser Dienstmädchen zu dem Forstaufseher nach Hartering bringen. Als das Mädchen zurückkam, sagte es: »Der Moosbichler war noch net vom Wald daheim. Sei Frau sagt aber, wenn er heimkommt, muß sie ihm kleinweis beibringen, daß der Hund ihm ghört, weil er sonst pfeilgrad narrisch wird vor Freud.«
Weil Moosbichler durch seine übergroße Dankbarkeit meinen Vater schon manchmal in Verlegenheit gebracht hatte, wollte er die Geschenke nicht selbst überreichen und dachte, daß sich der gute Muckl bis zum nächsten Morgen schon ein wenig beruhigt haben würde. Aber er hatte die Rechnung ohne den Forstaufseher gemacht, denn noch am selben Abend gegen neun Uhr läutete es an der Forsthaustüre Sturm und Rino brach in ein Freudengeheul aus. »Mein Gott, der Moosbichler!«, seufzte mein Vater. Nachdem der Forstaufseher das Zimmer betreten hatte, stürzte er auf meinen Vater zu, preßte mit beiden Pranken seine Hand und stammelte: »Herr Forstverwalter, Herr Forstverwalter, naa, naa, sowas! Was Sie mir für a Freid gmacht ham – naa, i kann's Eahna gar net sagn! Dös kann i Eahna ja nia net guat machn! I habs gar net fassn könna, wia mir mei Frau gsagt hat, daß dös Hunderl mir ghört. I waar am liabern vor lauter Freid an d'Deckn naufgsprunga. Mei Frau hat gsagt, i bin a narrata Gischpl und kunnt jetzt so spat nimmer zu Eahna geh, aber mi hätts zrissn, wann i Eahna net heit no mei Danksagung hätt macha könna, Herr Forstverwalter.«

»Moosbichler, bitt schön, lassn S' mei Hand aus!«, stöhnte Vater.
»O mei, hab i Eahna weh toa?«, erkundigte sich Moosbichler teilnahmsvoll.
»No ja«, lachte mein Vater, »a Schraubstock is nix gegen Ihre Handerl. Jetzt will ich aber nix mehr von Dank hörn. Ich wünsch Ihnen alles Gute zum Geburtstag und hoffentlich macht Ihnen der Hund noch recht viel Freud. So — und jetzt trinken wir noch a gute Flaschn Wein auf Ihre Gsundheit und darauf, daß Sie immer der prachtvolle Kerl bleiben, der Sie sind, Moosbichler.«
Als sich eine Stunde später der Forstaufseher von uns verabschiedete, stiefelte er durch den Garten auf den Ausgang zu und wir hörten ihn am Gartentürl noch murmeln: »Naa, so a Freid, naa, naa, so a Freid! Also, da leckst mi do glei am Arsch!«
Daß der Hund bei der liebevollen Pflege prachtvoll gedieh, braucht wohl nicht erst erwähnt zu werden. Moosbichler lieh sich von meinem Vater ein Buch über Dressur und Pflege von Jagdhunden, und Vater gab ihm noch verschiedene praktische Anleitungen. Schon im zweiten Jahr war Moosbichlers »Feldmann« ein guter Gebrauchshund, der Spuren und Fährten sicher ausarbeitete, bombenfest vorstand und einwandfrei apportierte. Auch auf Enten im Wasser war er gut zu gebrauchen. Nur mit dem Totverbellen haperte es. Das war aber bei uns in den Donau-Auen sehr wichtig, denn bei der üppigen Vegetation und dem dichten, von wildem Hopfen, Brombeerranken und Waldrebe durchschlungenen Unterholz war es nicht leicht, ein Stück Wild zu finden, das nicht im Feuer liegen geblieben war.

Es war zum Schreien komisch, wie Moosbichler seinem Feldmann das Totverbellen beizubringen versuchte. Er ließ sich vor einem erlegten Rehbock auf alle Viere nieder und bellte. Feldmann sah seinen Herrn mit schiefem Kopf an, hielt das für eine Mordsviecherei und bellte dann aus Gaudi mit. »So is recht, Feldmann«, lobte er dann seinen Hund. »Tua nur schö belln – wau, wau, wau!« Aber Feldmann bellte immer nur dann, wenn auch sein Herr bellte. »Du sollst doch alloa belln«, belehrte Moosbichler seinen vierbeinigen Freund. »Verstehst denn dös net, ha? Bist doch sonst a gscheiter Hund, vui gscheiter als mancher Mensch. Also los: Gib Laut, gib Laut! – Geh sag halt: Wau, wau, wau!« Der Hund trippelte auf allen Vieren, machte einen kleinen Freudensprung und bellte. »So is brav, Feldmann, braav – aber alloa sollst halt belln, verstehst? I ko dir doch net allawei vorbelln. Schau, dei Vatta, der Rino, bellt doch aa alloa, wann er an Bock gfundn hat. Geh, tua schö belln – wau, wau, wau, wau!« So ging das oft stundenlang.

Als mein Vater wieder einmal einen Rehbock geschossen hatte, bat ihn Moosbichler, Vater möge den Bock von Rino verbellen lassen und Feldmann sollte zuschauen. Davor warnte mein Vater den Forstaufseher und erklärte ihm, daß ein Hund das Stück Wild, das er gefunden hat, als sein Eigentum betrachtet und keinen anderen Hund in die Nähe läßt. »Da gibts nur eine schreckliche Beißerei«, sagte er, »und Ihr Feldmann ist dann fürs Totverbellen vielleicht ein für allemal verdorben.«

Moosbichler sah das ein und sagte: »Aha, so is dös? Alsdann muaß i pfeilgrad selm so lang mit eahm belln, bis er endli amal begriffn hat, um was si's draht. Net daß S'

moana, er is dumm, der Feldmann – naa gwiß net! Er faßt leicht auf und is recht gführi. Grad beim Totverbelln stellt er si so dappi o und moant, dös is bloß a Gaudi. Manchmal wer i scho so hoaß, daß i mi grad zruckhaltn muaß, daß i eahm koa Watschn gib. Bal i bell, bellt er aa, bal i staad bin, is er aa staad. Da mögst do glei verreckn! I kimm mir scho selm bald vor wiar a Hund. I glaub, i hab in der letztn Zeit mehra bellt als gredt.«

Eines Tages war bei Feldmann aber doch das Zehnerl gefallen und er verbellte einen Rehbock nach allen Regeln der Kunst, ohne daß Moosbichler den Ton angeben mußte. Freudestrahlend kam er ins Forsthaus und sagte: »Herr Forstverwalter, jetzt hat er's gfressn, der Feldmann. Auf oamal hat er's begriffn. I hab heit in der Fruah mit Ihrm

Bock a Schleppn gmacht und hab 'n Feldmann angsetzt. Sauber hat er die Fährtn ghaltn – no ja, dös hat er ja scho allaweil toa. Aber wiar a nacha hinter den Busch hintri kemma is, wo i den Bock versteckt hab – i moa, i trau meine Ohrn net – bellt er ganz von selm – i sag Eahna, Herr Forstverwalter, buidschö hat er den Bock verbellt. Besser machts der Rino aa net.«
»Da gratulier ich Ihnen aber, Moosbichler«, sagte mein Vater zu dem überglücklichen Forstaufseher. »Jetzt haben Sie's gschafft. Sie haben aber auch eine Engelsgeduld aufbracht. Jetzt haben S' aber a Freud, was?«
»Dös könna S' Eahna denkn, Herr Forstverwalter. I hab a solchane Freid ghabt, daß i 'm Feldmann pfeilgrad a Busserl gebn hab. Mittn auf d' Schnauzn hab i eahm oans naufbrennt. Und beim Metzger hab i eahm glei a paar Knackwürscht kafft.«
Moosbichler und sein Hund waren unzertrennlich. Natürlich nahm er ihn auch auf Treibjagden mit, und da spielte ihm Feldmann einmal einen bösen Streich. Wir hatten nach der Jagd im Dorfwirtshaus eine recht feuchtfröhliche Sitzung. Das Dorf war eine gute Gehstunde von Hartering entfernt, denn wir waren Jagdgäste des Revierförsters von Rohrdorf. Vater und ich waren mit den Rädern da, Moosbichler aber zu Fuß wegen des Hundes. Kurz nach Mitternacht verabschiedete sich der Forstaufseher trotz unseres Protestes, während wir noch sitzen blieben. Der Wirt hatte auf Veranlassung des Revierförsters für den Abend ein Faßl Bockbier besorgt. Moosbichler war das nicht gewöhnt und hatte einen kleinen Schwips, als er mit seinem Feldmann wegging. Nachdem wir eine weitere Stunde zusammengesessen hatten, ging

plötzlich die Tür des Gastzimmers auf und herein kamen Moosbichler und Feldmann. Wir waren sprachlos und starrten die beiden an. Da brach der Wirt das Schweigen und fragte: »Ja Moosbichler, wo kimmst jetz du her? I hab gmoant, du bist scho dahoam. Du bist doch vor aner Stund ganga?!«

Der Forstaufseher deutete auf seinen Hund und sagte: »Frag den – der is schuld dro, daß i wieder da bin!«

»Wieso?«, wollte der Wirt wissen. Und nun erzählte Moosbichler folgende Geschichte:

»I muaß offn sagn, daß i oan sitzn ghabt hab von dem Bluats-Bockbier. Drum bin i ja ganga. Aufn halbn Weg nach Hartering bin i amal stehnbliebn – und i woaß aa net, wia dös zuaganga is, der Hund muaß um mi rumglaffa sei – kurz und guat, meine Füaß warn in d' Leine verwicklt. I hab mi dann a paarmal rumdraht, daß i wieder frei worn bin, und bin weiterganga. I muaß aber in der falschn Richtung gstandn sei, wiar i mi ausgwicklt ghabt hab, denn wia die erstn Häuser auftaucht san, hab i gmerkt, daß i wieder da bin.«

Beinahe wäre das ganze Wirtshaus eingefallen – so lachten wir. Es waren noch alle Schützen da und einige Treiber. Was Moosbichler da alles zu hören bekam, geht auf keine Kuhhaut! So ist wohl noch niemand derbleckt worden, wie der gute Muckl in dieser Nacht. Er mußte sich wieder zu uns an den Tisch setzen, und wir tranken alle noch eine Maß auf diese Moritat. Als wir dann endlich aufbrachen, trat ein Bauernbursche, der als Treiber dabei war, dem Feldmann versehentlich auf die Pfote. Der quittierte das mit einem lauten Aufheulen. Moosbichler fuhr den erschrockenen Burschen an: »Kannst net aufpassn, du bsuffas Waagscheitl! Mir so auf die Zecha z'tretn!«

»I bin doch 'm Hund nauftretn und net dir!«, verteidigte sich der Mann.

»Dös is ganz wurscht«, sagte der Forstaufseher. »Wer meim Hund auf die Zecha tritt, der tritt mir auf die Zecha!«

Moosbichler dürfte sich wohl kaum bewußt gewesen sein, wie schön er damit seine Verbundenheit mit einem geliebten Tier zum Ausdruck brachte. – »Wer meinem Hund auf die Zehen tritt, der tritt mir auf die Zehen!«

DAS MISSVERSTÄNDNIS

Mathias Bimslechner war seit zwanzig Jahren Straßenwärter in Hartering. Der kreuzbrave Wegmacher Hias, wie er von den Dorfbewohnern genannt wurde, hielt die ihm anvertraute Straßenstrecke in musterhafter Ordnung. Es war sein ganz besonderer Stolz, daß der Herr Bezirksamtmann einmal geäußert hat, der Bimslechner sei der beste und fleißigste Straßenwärter des ganzen Bezirks.

Der Forstaufseher Moosbichler aber stand mit dem Hias auf Kriegsfuß, denn der Wegmacher hatte einen Hund, der ein ausgesprochener Sauköter war. Er war die Mischung verschiedener Rassen und schien von jeder Rasse nur die schlechtesten Eigenschaften geerbt zu haben. Kein Hund im Dorf war vor ihm sicher; er fiel die Dogge vom Wirt genauso an wie den kleinen Spitz vom Herrn Pfarrer, und es gab wohl keinen Dorfhund, der nicht Narben vom Gebiß des Wegmacherköters hatte. Eines Tages wurde nun Moosbichlers Jagdhund, auf den er so stolz war, und an dem er mit großer Liebe hing, von dem Hund des Hias überfallen und so zugerichtet, daß der Tierarzt geholt werden mußte. Moosbichler bebte vor Zorn und wollte gleich den Wegmacher aufsuchen, um ihm den Standpunkt klarzumachen. Nur auf das inständige Bitten seiner Frau hin verschob er den Besuch auf den nächsten Tag. Frau Moosbichler kannte nämlich ihren Muckl nur zu gut und befürchtete, ihr Mann könnte den Hias grün und blau schlagen, wenn er ihn im ersten Zorn erwischt. Aber das Donnerwetter, das über den Hias am nächsten Tag hereinbrach, war auch nicht von schlechten Eltern.

»Du wirst dir wohl denkn könna, warum i kimm«, sagte der Forstaufseher zu dem Wegmacher grollend.

Bimslechner fühlte sich gar nicht wohl in seiner Haut, denn er wußte, wie Moosbichler mit den Holzdieben umging. Ganz verängstigt stammelte er: »I woaß scho, Muckl – aber reg di net auf, i zahl natürli die Köstn fürn Tierarzt.«

»Damit is net toa«, polterte Moosbichler. »Wer garantiert dafür, daß dei Sauviech mein Feldmann net noamal anfallt? Dei Tyras is ja überhaupt koa Viech nimmer. Der is gemeingfährlich, hinterfotzig und gemein wiar a Mensch! Der ghört erschossn! Jeder andere Hund zoagts vorher an, wenn er raufa will, und wenn der kloanere die Demutshaltung einnimmt, dann kann er nimmer beißn, aa dann net, wenn er so groß is wia 'm Wirt sei Doggn und der ander so kloa wia 'm Pfarrer sei Spitz. Dös is a Naturgsetz! Aber dei Mistviech halt si net an die Regeln und überfallt jedn Hund aus 'm Hinterhalt wia der Blitz aus 'm heitern Himmi. Wiar i sag: Dös is koa anständigs Viech, sondern der is so gemein wiar a Mensch! – So, und jetzt

nimmst dei Mißgeburt an die Leine und gehst mit mir naus in Wald und da derschiaß i s' nacha.«
»Dös kannst net von mir verlanga, Muckl. Naa, dös tuar i auf koan Fall!«, wehrte sich der Wegmacher.
»Dann sag i dir oans, Wegmacha«, erwiderte der Forstaufseher: »Wenn dei Tyras mein Feldmann no oamal bloß krumm oschaugt, dann derschiaß i'n mittn im Dorf. Dann kannst mi meinetwegn ozoagn, dös is mir dann ganz wurscht!«
Bimslechner war froh, daß er so glimpflich davongekommen war. Aber sein Horoskop schien zu dieser Zeit nicht gut gewesen zu sein, denn kurz nachdem er mit Moosbichler diese ungute Auseinandersetzung gehabt hatte, fiel der gute Hias aus allen Wolken, als er eines Tages vom Straßenbaureferenten des Bezirksamts vorgeladen wurde und ihm von dem Inspektor eröffnet wurde, daß er wohl das größte Rindvieh unter allen bayerischen Straßenwärtern sei.
Die Ursache war folgende: Die mit schönen Alleebäumen eingefaßte Straßenstrecke Bimslechners machte dort, wo sie über den Haselbach führt, kurz nach der Brücke eine scharfe Kurve. An dieser Stelle war vor einem Jahr schon einmal der Viehhändler Wurzer mit seinem Auto an einen Alleebaum gerast. Das Auto war hin, aber der harte Schädel vom Wurzer hat bei dem Anprall den übrigen Körper geschützt, so daß sich der Mann unverletzt aus den Trümmern herausarbeiten konnte. Der Bürgermeister meinte: »Der wird halt wieder bsuffa gwen sei – und um sei alte Schäsn, die wo allaweil klappert hat, wiar a Kistn voll Hafadeckl, is eh net schad.« Vor einigen Wochen aber war bei Nacht der Wagen des Tierarztes aus der Kurve getragen

worden. Bei diesem Unglücksfall wurde nicht nur das Auto erheblich beschädigt, sondern auch der Veterinär trug Verletzungen davon. Nun mußte man etwas unternehmen, um eine Wiederholung solcher Unfälle auszuschalten. Deswegen erhielt Bimslechner eines Tages vom Bürgermeister eine schriftliche Verfügung des Bezirksamtes, die Kurve am Haselbach betreffend. Der Bürgermeister, ein biederer Bauer, übergab dem Wegmacher das bezirksamtliche Schreiben mit den Worten:

»Da Hias, i gib dir den Wisch glei. Machst as halt so, wia's da drin steht. Du verstehst dös besser und wirst as scho recht macha.«

Bimslechner las das Schreiben sorgfältig durch und steckte es in die Tasche. Dann sagte er: »Is scho recht, Burgermoaster, wird glei erledigt. – Aber schad is für die schön Baam!«

Am selben Nachmittag schon arbeitete der pflichteifrige Straßenwärter mit einem Gehilfen an der Unglückskurve. Sechs schöne Ahornbäume der Allee sägten sie mit großer Mühe in zwei Meter Höhe ab und bestrichen dann die stehengebliebenen Zweimeterstümpfe mit weißer Farbe. Als sie mitten in der Arbeit waren, kam Moosbichler des Weges, sah sich das Werk kopfschüttelnd an und fragte:

»Warum habts denn ihr die schön Alleebaam abgschnittn?«

»Verfügung vom Bezirksamt«, erwiderte der Wegmacher kurz und tauchte seinen Pinsel in den Farbkübel.

»Wos, 's Bezirksamt hat angschafft, daß die schön Baam gfällt werdn?«, wunderte sich Moosbichler. »Dös müaßn schöne Deppn sei, die sowas anschaffn. Es waar doch gscheiter gwen, ma hätte die Baam steh lassn und hätts bloß untn weiß ogstricha.«

Da fühlte sich der Hias in seiner Beamtenehre gekränkt und nahm seine vorgesetzte Behörde in Schutz: »Dir gib i glei Deppn! Gell, nimm di fei a bißl zamm! Dös is a Beamtnbeleidigung. Die Herrn vom Bezirksamt wern scho wissn, warum s' dös ogschafft ham. Oder moanst, daß du gscheiter bist, wia dö? I misch mi ja aa net in Forstsachn nei und sag net, der Forstverwalter is a Depp!«

»Dös taatst aa bloß oamal sagn, Wegmacha, und koa zwoats Mal nimmer!« drohte Moosbichler.

»No ja«, erwiderte Bimslechner, »dann brauchst du aa meine Vorgsetztn koane Deppn hoaßn! Und übrigens geht di dös gar nix an!«

Moosbichler machte eine wegwerfende Handbewegung und sagte: »Mit dir streit i mi net, Hias, dazua bist mir du vui z' damisch«, und ging weiter. Der Wegmacher murmelte etwas Unfreundliches hinter ihm her, aber vorsichtshalber so leise, daß es Moosbichler nicht mehr hörte. Dann strich er eifrig an seinen Baumstümpfen weiter. In dem Bewußtsein, eine Anweisung seiner vorgesetzten Behörde schnell und gut ausgeführt zu haben, begab sich der Hias am Abend nach Hause.

Aber schon acht Tage später sagte der Bürgermeister zu ihm: »Du, Hias, vom Bezirksamt is antelefoniert worn, du sollst morgn vormittag zum Straßenbauinspekter kemma.«

»Warum«, fragte Bimslechner verwundert, »was will denn der von mir?«

»I woaß aa net«, erwiderte das Gemeindeoberhaupt. »I war beim Kleemahn draußn, wia's telefoniert hat. Mei Frau hat's Gspräch abgnumma, und zu der hat er bloß gsagt, du sollst einikemma zu eahm in d' Stadt.«

Als Bimslechner am nächsten Vormittag das Büro des Straßenbaureferenten betrat, sagte er:
»Grüaß God, Herr Inspekta; Si ham telefoniert, i sollt einakemma zu Eahna.«
Inspektor Mitterer, ein jovialer bayerischer Beamter, legte den Federhalter weg, nahm die Brille ab, grüßte zurück und forderte den Wegmacher auf, Platz zu nehmen. Mit dem Daumen klappte er den Brillenbügel auf und zu, und nachdem er den Straßenwärter eine Weile gemustert hatte, fragte er endlich:
»Sagen S' einmal, Bimslechner, sind Sie eigentlich von allen guten Geistern verlassen?«
»Warum dös, Herr Inspekta?«
»Dann geben Sie mir doch um Himmels willen einen vernünftigen Grund dafür an, warum Sie die schönen Alleebäum an der Haselbachkurvn abgsägt haben!«
»Warum i die abgschnitten hab? Ja, weil Sie dös angschafft ham, Herr Inspekta. Dös is a Sau-Arwat gwen!«
»Wie? – Sagen S' dös nochamal, Bimslechner! I hätt Ihnen angschafft, die Bäum umzusägn?«
»Freili ham S' dös, Herr Inspekta! Sogar schriftlich ham S' dös toa! I hab den Zettl sogar dabei!« Er entnahm seiner abgewetzten Brieftasche das amtliche Schreiben und las seinem Vorgesetzten vor:

> »Die sechs Alleebäume an der Kurve vom Haselbach sind, in zwei Meter Höhe abschneidend, mit weißer Farbe zu bestreichen.«

»No – und?« fragte der Beamte verständnislos. Doch da ging ihm auch schon ein Kerzenlicht auf und er lachte so, daß ihm die Tränen in die Augen kamen. Ganz außer Atem stieß er hervor: »O mei, Bimslechner, Sie wern wohl dös größte Rindviech von alle bayerischen Straßenwärter sein! Entschuldigen S' schon, Bimslechner – aber es is wirklich so!« Und dann klärte er den verdutzten Mann auf, wie der Auftrag gemeint war.

Nachdem Inspektor Mitterer seinen Untergebenen freundlich verabschiedet hatte, ging er gleich in das Büro des Bezirksamtmannes, während Bimslechner langsam die Treppe zum Ausgang hinabstieg. Als der Wegmacher auf dem Platz vor dem Bezirksamt angekommen war, hörte er aus dem offenen Bürofenster des Bezirksamtmanns homerisches Gelächter und dachte bei sich, daß das Bezirksamt eine recht lustige Behörde sein müsse.

Obwohl Bimslechner daheim natürlich kein Wort von der für ihn so blamablen Unterredung verlauten ließ, sickerte die Geschichte aber doch irgendwie durch und kam auch Moosbichler zu Ohren. Das war für den Forstaufseher ein gefundenes Fressen und er gab mit Wonne seine Kommentare dazu. Meinen Vater fragte er:

»Ham S' dös scho ghört, Herr Forstverwalter, was dös Wegmacha-Rindviech mit dene Alleebaam an der Haselbachkurvn toa hat?«

Vater lachte und sagte: »Ja, Moosbichler, der Herr Bezirksamtmann hat mir's neulich erzählt, wie ich ihn in Neuburg troffn hab.«

»Sehgn S'«, sagte Moosbichler, »i bin damals grad dazuakemma, wia er die Stümpf angstrichn hat, und wiar i gsagt hab, dös müaßn schöne Deppn sei, die wo sowas anschaffn, hat er si no aufgregt und hat gmoant, i sollt net gscheiter sei wia seine Vorgsetztn. Damals hat er nämli no net gwißt, daß er selber der Depp is, der Gloifi, der damische.«

Als Moosbichler den Wegmacher wieder traf, konnte er sich nicht verkneifen, seinen Widersacher hämisch grinsend zu fragen: »No, Wegmacha, ham 's dir drin im Bezirksamt scho an Ordn gebn für dei Gscheitheit?«
Der Hias lief rot an vor Wut und sagte: »Woaßt was, Muckl, du kannst mi kreizweis am Arsch lecka!« Diese Einladung quittierte Moosbichler mit einem dröhnenden Gelächter.

AM ANGELHAKEN

Moosbichler hatte eine schöne dinarische Nase. Sie war nicht zu groß und nicht zu klein. Als er aber eines schönen Tages zu meinem Vater ins Forsthaus kam, war diese Nase sehr verunstaltet. Es war keine Nase mehr, sondern ein Wetzkumpf, dick angeschwollen und mit Leukoplast verpflastert. Vater starrte seinen Forstaufseher verblüfft an und fragte:
»Um Gotts Willn, Moosbichler, was is denn mit Ihrer Nasn passiert?«
»Dös war der Dokta, dös Rindviech!«, gab Moosbichler Bescheid.
»Der Doktor?«, wunderte sich Vater. »Der Doktor Thoma? Ja haben Sie denn mit dem grauft«
»Naa, Herr Forstverwalter, grauft hab i net mit eahm, aber an Anglhakn hat er mir durch'n linkn Nasnflügl durch und durch grennt, daß der Widerhakn auf der andern Seitn rausgschaugt hat. A großer Drillingshakn is dös gwen von am Blinker.«
»Wie is denn dös möglich – gehen S' zu, Moosbichler, erzähln S' amal«, bat mein Vater.

»Also, dös is so gwen«, begann der Forstaufseher. »Sie ham doch dem Dokta die Erlaubnis gebn, daß er in Ihrm Fischwasser angln derf. Wiar i gestern nachmittag im Wald gwen bin, siech i 'n Dokta, wiar a am Haslbach auf Hecht blinkert. In der Grießschütt is dös gwen. Weil i woaß, daß mi der Dokta guat leidn ko, hob i mir denkt: Gehst a bißl hin und redst mit eahm. Er hat a Mordsfreid ghabt, wiar a mi gsehgn hat, und hat si mit mir unterhaltn. Er hat gmoant, i sollt eahm a bißl zuaschaugn, vielleicht beißt eahm a Hecht. Er hat a kurze Überkopfgertn ghabt und an Blinker. Mit dem hat er die Gumpn abgfischt. I muaß scho sagn: Fischn ko er besser wia schiaßn. I bin allaweil a bißl hinter eahm bliebn, daß i eahm koane Fisch vergräm. Da hat er dann mit der Gertn wieder amal auszogn und wollt den Blinker eiwerfn und da is mir der Hakn in d' Nasn gfahrn. Der Dokta hat dann no drei — viermal angrissn, weil er gmoant hat, er is am Weidnastl hängabliebn. Erst wiar i gschrian hab: ›Hörst net auf, Saudokta, damischer, Sie hänga doch an meiner Nasn!‹, hat er gspannt, was los is. I sag Eahna, Herr Forstverwalter, dös hat so weh toa, daß i die Engl im Himmi hab singa hörn! Der Dokta hat dann probiert, ob er den Hakn net rausbringt. Aber weil der Widerhakn auf der andern Seitn durch war, is dös net ganga. Er hat gsagt, er muaß den Hakn abzwickn, aber er hat natürli koa Zanga dabeighabt. I sag Eahna, gschundn hat mi der, daß i alle meine Sündn abbüaßt hab. Und bluat' hab i wiar a gstochane Sau. I hab dann gsagt: ›Herr Dokta‹, hab i gsagt, ›wann S' jetzt net glei aufhörn, reiß i Eahna 'n Kopf owa!‹ Dann hat er gmoant, wir müassn zu eahm hoamgeh in sei Praxis, da macht er den Hakn dann raus und desinfigziert die

Wundn. Nacha hat er die Schnur abgschnittn und mir is der Blinker an der Nasn und vorm Mäu rumbaumelt. So san ma dann zu eahm hoamganga. Unterwegs hat er mi tröst und hat gsagt, i bräucht jetzt koa Angst nimmer habn, weil er den Hakn dahoam schmerzlos raustuat, er macht a Lokalamnestie, hat er gsagt.«
»Lokalanästhesie«, schlug Vater vor.
»Ja, ganz recht, so hat er gsagt«, bestätigte Moosbichler. »A Lokalästhetesie oder wia dös Glump hoaßt, hat er gsagt, macht er, und dann gspür i gar nix mehr. No ja, er hat mir dann a Spritzn in d' Nasn neigebn, und dann is s' ganz belzi worn. I hab dann aa wirkli nimmer vui gschpürt, wiar a den Hakn raustoa hat. Nacha hat er die ganz Nasn eipinslt und verpappt. Wiar a ferti gwen is mit der Nasn, hat er gmoant, er müaßt mir jetzt vorsichtshalber no a Spritzn gegn Starrkrampf gebn, und die Spritzn hat er mir in Hintern neigstochn. I habn aber im Verdacht, daß dös gar net braucht hätt, sondern daß er dös bloß aus Gaudi toa hat, daß er mi in Hintern neistecha ko. Er hat mi nämlich wieder derbleckt und hat gsagt: ›Ihr Hintern halt dös scho aus, Moosbichler, der is auf so was ja scho trainiert von zweng dem Fuxbiß‹, hat er gsagt.«
Vater lachte herzhaft und meinte: »Nein, Moosbichler, die Tetanusspritzn war notwendig, dös war keine Gaudi.«
Der Forstaufseher sah meinen Vater mißtrauisch an und erwiderte: »Sie nehma halt den Dokta in Schutz, Herr Forstverwalter, weil er Ihr Freund is. I glaub's net recht, daß dös notwendi war. Schaugn S', wann i an der Nasn was hab, was braucht mir der dann in Arschbackn neistecha? Was hat die Nasn mit 'm Hintern z'toa? Dös müassn S' doch einsehgn, Herr Forstverwalter!«

Vater klärte den Muckl darüber auf, daß es ganz gleichgültig ist, an welcher Stelle das Serum dem Körper zugeführt wird, und sagte: »Glauben Sie's mir, Moosbichler, dös war bestimmt notwendig!«

»Moanan S'? – No ja, weil's Sie sagn, Herr Forstverwalter, glaub i's.«

Zwei Tage später traf mein Vater seinen Freund Thoma und sagte zu ihm: »Ich hab gehört, Franz, du hast vorgestern im Haselbach an kapitalen Hecht gfangt!«

»O mei, Hermann«, lachte der Arzt, »da hättst d' dabei sein solln! I kann dir sagn, sowas hat die Welt noch net erlebt! Geschimpft hat mich der Moosbichler, da machst dir keinen Begriff! Es is a Wunder, daß er mir net 's Gnack abdreht hat. Aber a Kavalier is er doch, der Moosbichler. Wie wir heimkommen sind und mei Frau die Bescherung gsehn hat, hat sie hellauf lachen müssn. I hab gmeint, jetzt explodiert der gute Muckl. Aber er hat nur gsagt: ›Wann Sie wüßtn, Frau Dokta, wia dös weh tuat, dann taatn S' net lachn!‹«

»Ja«, stimmte mein Vater zu, »da hast recht. Der Moosbichler is wirklich a Kavalier. Man braucht nur dran denken, wie nett und zuvorkommend er zu seiner eigenen Frau is. Da könnt sich mancher aus unseren Kreisen a Stückerl davon abschneiden.«

»Der Mühlbauer Resi gegenüber aber war er weniger kavalierhaft«, sagte Dr. Thoma. »Hat er dir net erzählt, was er zu der gsagt hat?«

»Nein, davon hat er mir nix gsagt. – Wer is denn die Mühlbauer Resi?«

»Dös is doch die Hebamm von Hartering«, klärte Dr. Thoma meinen Vater auf.

»Ach, die Hebamm! – Was hat er denn mit der ghabt«, wollte Vater wissen.

»Also, dös war einmalig!«, stellte der Arzt fest. »Ich hab den Moosbichler nach der Operation noch dabehalten, weil ihn mei Frau zum Kaffee eingladn hat. Nachher ham wir mit ihm noch einige Weine und Schnäpse trunken, bis der Muckl an kleinen Schwips ghabt hat. Ich hab ihn dann nach Haus begleitet. Es war schon ziemlich dunkel. Mittn im Dorf hat Moosbichler dann amal austreten müssen, und weil niemand mehr auf der Straß war, hat er seine Notdurft an einer Stalleckn verrichtet. Ich bin derweil ganz langsam weitergangen. Da kommt aus am Seitengaßl die Hebamm raus, und wie sie den Moosbichler sieht, sagt sie: ›Du Saubär! Also, ös Mannsbuider seids wia die Hund! Wann's a Eck sehgts, dann müaßts!‹ Und was denkst, daß dann der Moosbichler gsagt hat? – Also, i hab gmeint, mich z'reißts! Er hat sich in seim Gschäftl gar net störn lassn und hat zur Mühlbauerin ganz breit und behäbig gsagt: ›Halt's Mäu, sunst soach i di nieder!‹«

WIE MOOSBICHLER UND SEIN SCHWAGER EINEN ROHEN KÜRBIS GEFRESSEN HABEN

In der Kreisstadt war Viehmarkt. Aus der ganzen Umgebung waren die Bauern zusammengeströmt und auf der großen Wiese, wo das Vieh aufgetrieben war, herrschte ein Trubel wie auf dem Oktoberfest. Mit lauter Stimme wurde da gefeilscht und gehandelt, von den Verkäufern mit Eifer angepriesen und von den Käufern schlechtgemacht. Wenn dann ein Kauf zustande kam, knallten zwei

schwielige Bauernhände ineinander und man ging in die Wirtschaft, um das Geschäft zunächst einmal zu begießen. Auch der Schmied Bachleitner von Hartering hatte den Markt besucht, weil er eine Kalbin kaufen wollte. Er hatte seinen Schwager Moosbichler gebeten, ihn zu begleiten, denn der Forstaufseher hatte ja auch eine kleine Landwirtschaft und verstand etwas vom Vieh. Der Schmied war ein vorsichtiger Mann und dachte: Vier Augen sehen mehr als zwei. Außerdem kannte er die Güte des Bieres vom Unterbräu und seine eigene Seßhaftigkeit auf der Wirtshausbank. Es war also gut, wenn er einen zuverlässigen Mann bei sich hatte, der ihn beim Kauf beraten und sicher wieder nach Hause bringen konnte.
Bald hatte der Bachleitner eine wunderschöne Kalbin entdeckt. Weder er noch Moosbichler konnten einen Fehler an ihr finden. Nach langem Hin und Her wurde der Schmied mit dem Verkäufer handeleins. Das Geschäft wurde mit dem traditionellen Handschlag abgeschlossen, der bei den Bauern genauso viel gilt wie ein gestempelter und unterschriebener Vertrag. Daraufhin gingen der Schmied, Moosbichler, der Verkäufer und die Kalbin zum Unterwirt, um nach alter Sitte das Geschäft zu begießen. Die Kalbin wurde im Fremdenstall eingestellt und gefüttert und die drei Männer stapften in die Wirtsstube, wo sie sich an einem Ecktisch niederließen. Als sie Platz nahmen, läutete es von den Kirchtürmen der Stadt zu Mittag und die drei Männer waren stocknüchtern. Als sie sich wieder erhoben, war es Mitternacht und die drei wakkeren Zecher waren nicht mehr nüchtern. Der Bachleitner und Moosbichler verabschiedeten sich rülpsend von ihrem Zechkumpan, und als ihnen der Hausknecht die Kalbin

aus dem Fremdenstall geholt hatte, machten sie sich schwankend auf den stundenlangen Heimweg.
Der Vollmond schien taghell. Die Kalbin ging willig und gemächlich zwischen dem Schmied und Moosbichler dahin. Die beiden Männer sprachen kein Wort, nur ab und zu gaben sie einmal einen Rülpser von sich. Nach einer halben Stunde endlich brach Moosbichler das Schweigen:
»A saubers Stückl Viech is die Kalm, Michl. Da bist net ausgschmiert worn.«
»Der wo mi ausschmiern taat, is no net auf der Wölt, Muckl«, antwortete der Schmied. »Woaßt vom Viech versteh i was und hab an Blick dafür!«
Nach einer weiteren Viertelstunde begann Moosbichler wieder: »Dös is wirkli a saubers Stückl, Michl, dös muaß ma scho sagn!«
Eine Weile später durchschritten sie ein Dorf, das in tiefem Schlafe lag. Beim letzten Haus, das ein wenig abseits stand, setzten sie sich an die Straßenböschung, um ein wenig zu verschnaufen. Die Kalbin graste friedlich am Rain. Moosbichler und sein Schwager, die immer noch sehr unter der Einwirkung des reichlich genossenen Alkohols standen, zündeten ihre Pfeifen an und schauten vor sich hin. Da sah Moosbichler am Gartenzaun des Bauernhauses einen großen Kürbis und machte den Schmied darauf aufmerksam. Der Bachleitner betrachtete tiefsinnig die gelbe Frucht, die so groß war wie die größte Kegelkugel vom Harteringer Wirt. Vom Kirchturm schlug es gerade halbzwei, als der Bachleitner folgendes Angebot machte:
»Muckl, wenn d' den Kürbis frißt, so wie er da is, mit der Schaln und die Kern, dann schenk i dir die Kalm!«
Moosbichler schaute erst auf den Kürbis und dann auf die

schöne Kalbin, betrachtete wieder den Kürbis, streckte dann seinem Schwager die Hand hin und sagte: »Gilt scho, Michl, i friß'n!«

Nachdem der Schmied eingeschlagen hatte, erhob sich Moosbichler schwerfällig, löste den Kürbis von der Ranke, und als er neben dem Schmied wieder Platz genommen hatte, schnitt er mit seinem Knicker Stück für Stück aus der gelben Kugel heraus und würgte die Bissen hinunter. Der Bachleitner sah seinem Schwager amüsiert zu. Moosbichler aber würgte und würgte – er fraß wie ein Ochse! Allmählich aber wurde die Miene des Bachleitner besorgt, denn schon hatte sein Schwager fast die Hälfte der Frucht gefressen, und es hatte ganz den Anschein, daß er auch mit dem Rest noch fertig würde. Der Schmied schaute seine Kalbin an und dann den fressenden Moosbichler. Schon sah er das schöne Rind im Stall seines Schwagers stehen und aus gepreßtem Herzen entrang sich ihm: »Jessas Maria und Josef, Muckl, du wirst doch net wirkli den ganzn Kürbis fressn!«

»Warum net, Michl«, fragte Moosbichler mit vollem Mund. »I friß – und wann's mi zreißt! Moanst, i laß die schöne Kalm hint?«

Der Schmied wurde immer nervöser und beinahe wieder nüchtern. Aber auch der Moosbichler kam in große Nöte, denn er war bis obenhin voll und trotz aller Anstrengungen brachte er kaum noch einen Bissen hinunter. Über die Hälfte hatte er jetzt schon verdrückt, aber nun war die Grenze seiner Leistungsfähigkeit erreicht. Wehmütig sah er auf die schöne Kalbin und sagte zu seinem verängstigten Schwager: »Michl, wenn du jetzt die andere Hälftn frißt, ghört die Kalm wieder dir!«

Der Schmied, der vor Angst schon angefangen hatte, Blut zu schwitzen, ließ sich das nicht zweimal sagen, riß Moosbichler den halben Kürbis aus der Hand und fraß und fraß, bis er mit Hängen und Würgen und Rülpsen auch das letzte Stück in sich hineingestopft hatte. Dann gingen sie mit ihrer Kalbin weiter in Richtung ihres Dorfes. Aber bald rebellierten die überladenen Mägen, und als jetzt Moosbichler einen Alleebaum umarmte und sich erbrach, stülpte sich auch der Magen des Bachleitner um, und der einstmals so schöne Kürbis lag zerkleinert und vermischt mit Bier, Sauerkraut und Schweinswürstln im Straßengraben. Schnaufend hielten sich die beiden Helden die Bäuche, und der Schmied stöhnte tiefsinnig: »Schad um dös guate Bier und die Würscht!«

Dann schwankten sie weiter und kamen endlich bei Morgengrauen heim. Als sie im Stall die Kalbin an den Futterbarren banden, fragte Moosbichler:
»Du, Michl, warum ham wir jetzt eigentlich den Kürbis gfreßn?«

KLEINE URSACHE – GROSSE WIRKUNG

Mitten in der Gemeindeflur von Hartering liegt eine kleine, felsige Ödfläche. Sie ist etwa zwanzig Meter lang und fünfzehn Meter breit, also gar nicht der Rede wert. In der Mitte ist ein kleiner, grauer Felsen und drum herum stehen in der dürftigen Grasnarbe einige Schwarzdornbüsche, ein Berberitzenstrauch und eine verkrüppelte Birke. Seit Jahr und Tag war das kleine Ödland die Grenze zwischen einem Feld des Huisnbauern und einem Acker vom Heiß. Auf der einen Seite pflügte der Heiß so nahe an das felsige Stück heran, bis die Pflugschar an den Stein knirschte, und auf der anderen Seite tat der Huisnbauer dasselbe. Und ebenso hatten es schon die Väter und Großväter der beiden Bauern gehalten, und nie hat es einen Streit gegeben.
Da kam eines schönen Tages eine Amsel geflogen, setzte sich auf den Felsen und ließ ein Batzerl fallen. Und weil diese Amsel vorher in einem Bauerngarten Stachelbeeren gefrühstückt hatte, war in dem Batzerl ein unverdauter Stachelbeerkern. In diesem kleinen Kern schlummerte der Keim zu einem riesengroßen Streit. Ein Gewitterregen wusch das weiße Batzerl von dem Felsen weg und schwemmte den Stachelbeerkern in die dünne Humus-

schicht am Fuße des Steines. Dort sproß alsbald ein kleines Pflänzchen, das sich im Laufe der Jahre zu einem ansehnlichen Strauch entwickelte und reichlich Früchte trug.
In einem besonders günstigen Jahr hingen an dem Strauch mehr Beeren als Blätter, und deshalb pilgerte eines Tages die Huisnbäuerin mit einem Körberl hinaus, um die schönen Beeren zu ernten, denn sie wußte es nicht anders, als daß das Ödland zu ihrem Grund und Boden gehörte. Dasselbe dachte aber auch die Heißin, und der Zufall wollte es, daß sie an demselben Nachmittag die Beeren pflücken wollte. Als sie bei dem Felsen ankam, war sie nicht wenig erstaunt, ihre Nachbarin dort bei der Beerenernte anzutreffen. Im Bewußtsein ihres guten Rechtes stellte sie die Huisnbäuerin zur Rede:
»Do schaug her! Ja, wia kimmst denn du dazua, inserne Stachlbeer z'brocka, ha? So a Frechheit!«
Die Huisnbäuerin richtete sich auf, stemmte die Fäuste in die Seiten, musterte ihre Widersacherin von oben bis unten und erwiderte:
»Wos, Eierne Stachelbeer? Daß i fei net lach! Du woaßt ganz genau, daß dös unser Grund und Bodn is! Hast dir net denkt, daß i da bin, ha, und hast gmoant, du kunnst inserne Stachlbeer hoamli brocka, du ausgschamts Frauenzimmer, du ganz ausgschamts!«
Und nun, liebe Leser, entwickelte sich ein Disput – ein Disput, sage ich Ihnen, daß es mich in allen zehn Fingern juckt, dieses Füllhorn urwüchsiger bayerischer Dialektik vor Ihnen auszuschütten. Aber, o misericordia!, ich darf ja nicht, denn ich weiß aus Erfahrung, daß mir der Bluatsredakteur immer gerade das Beste streicht. Ich kann Ihnen also keine Kosthappen aus dem wunderbar plastischen

Wortschatz unserer Landbevölkerung vorsetzen von zweng dem Redakteur mit seinem Streichstift. Der Teufel soll ihn holen – den Stift! Die Geschichte würde auch um ungefähr fünfzig Seiten zu lang werden, denn die beiden Frauen redeten sehr schnell und sehr, sehr viel! Nachdem sie sich ihr ganzes reichhaltiges Repertoire an Liebenswürdigkeiten gegenseitig ins Gesicht geschleudert hatten, gingen sie zu Tätlichkeiten über, wobei sich die Huisnbäuerin als die Stärkere erwies. Sie hatte nur einen Büschel Haare eingebüßt, während die Heißin den Verlust von zwei Zähnen zu beklagen hatte.

Der Forstaufseher Moosbichler, der sich gerade im angrenzenden Wald aufhielt, hörte das Geschrei der beiden Frauen und ging auf die Sirenentöne zu. Vom Waldrand aus sah er den Kampf auf dem Felde, und nachdem er die erste Überraschung über den Anblick, der sich ihm da bot, überwunden hatte, schob er den Hut aus der Stirn und sagte zu seinem Hund:

»Da schaug amal hin, Feldmann, da raffa zwoa gstandne Bäuerinnen wia die Wuidkatzen. Dös siehgst aa net jedn Tag! Teifi, Teifi überanand!«

Dann ging er mit langen Schritten auf den Kampfplatz zu und fragte die beiden Furien:

»Ja, sagts amal, warum raffts denn Ihr so? Seids narrisch worn?«

Die Frauen, die im Eifer des Gefechtes Moosbichler weder gehört noch gesehen hatten, erschraken, als sie angesprochen wurden, und ließen voneinander ab. Dann überschütteten sie den Forstaufseher mit einem Wortschwall und versuchten beide zugleich, ihm den Fall zu erklären. Versuche aber einmal einer daraus schlau zu werden, wenn

die Worte aus zwei erregten Frauenmündern wie Maschinengewehrgarben auf einen niederprasseln! Moosbichler hörte sich das eine Weile an, machte dann eine ungeduldige Handbewegung zur Huisnbäuerin, die mit kreischender Stimme auf ihn einschrie und sich alle Mühe gab, ihre Widersacherin zu übertönen.

»Jetzt seids amal staad«, donnerte er, »oane soll redn!« Dann wandte er sich zur Heißin und sagte: »Also, red du, Heißin!«

Aber kaum hatte die Heißin die ersten Sätze gesprochen, als ihr die Huisnbäuerin ins Wort fiel und dazwischenschrie. Aus dem Wortsalat konnte Moosbichler immerhin soviel entnehmen, daß es sich um die Stachelbeeren handelte. Als die Frauen einmal erschöpft Luft holten, sagte Moosbichler:

»Wia ko ma bloß zweng so am Dreck streitn! Toalts Eich halt die Stachlbeer und gebts an Fried! Zweng so a Kloanigkeit streitn doch bloß Kinder, aber koane so altn Goaßn wia ihr seids!«

Nun hatte Moosbichler aber ins Wespennest gestochen! »Dir gib i glei a alte Goaß!«, belferte die Huisnbäuerin, und die Heißin holte schon Luft, um auch ihrerseits dem Muckl ihre Entrüstung ins Gesicht zu schreien. Aber die Huisnbäuerin verscherzte sich den Beistand der Heißin, indem sie weiterkreischte: »A alte Goaß is die Heißin, aber net i!«

Diese Bemerkung war für den guten Muckl ein großes Glück, denn sonst wäre er in ein böses Hagelwetter geraten. So aber entlud sich das Gewitter nicht über seinem Haupt, denn die beiden Frauen fielen nun wieder – erst mit Worten und dann mit Fäusten und Krallen – übereinander her und kümmerten sich nicht mehr um den Forstaufseher. Moosbichler schaute dem Kampf eine Weile kopfschüttelnd und amüsiert zu und versuchte dann nochmal Frieden zu stiften. Das gelang ihm aber gründlich daneben; und als er von beiden Parteien mit unmißverständlichen Worten aufgefordert wurde, er möge sich gefälligst um seine eigenen Angelegenheiten kümmern und sich nicht in Sachen mischen, die ihn einen Dreck angehen, sagte er:

»Wißts was, reißts Eich Enkere Zottln aus und verschlagts Eich Enkerne Lätschn, so vuis wollts – mir kann dös wurscht sei!«, und ging seiner Wege.

Die Sache hatte aber ein gerichtliches Nachspiel, weil die Heißin die Huisnbäuerin wegen Körperverletzung verklagte. Moosbichler wurde als Zeuge geladen. Zu meinem Vater sagte er:

»Dös kann i Eahna versichern, Herr Forstverwalter: Wann wieder amal zwoa Frauenzimmer raffat wern, geh i im großn Bogn drum rum, denn da kriagt ma bloß Scherereien. Was hab i Depp jetzt davo, daß i hab Friedn stiftn wolln?! Vors Gricht muaß i!«

Der Zuhörerraum des Amtsgerichts in Neuburg war fast zu klein, um die Menschenmenge zu fassen, denn fast alle Harteringer Bürger waren erschienen, um das nicht alltägliche Schauspiel mitzuerleben, wie zwei angesehene Bäuerinnen wegen Körperverletzung verhandelt wurden. Das war für das Dorf Hartering das reinste Volksfest. So manche Lachsalve donnerte durch das alte Gebäude, als die Huisnbäuerin und die Heißin dem Gericht mit drastischen Worten den Hergang des Streites schilderten.

Temperamentvoll zeigte die Heißin dem Richter ihre

Zahnlücke und sagte: »Da schaugn S', Herr Richter, dö zwoa Zähn hat s' ma neigschlagn, dö ... dö ...«

»Vorsicht, Frau Heiß, keine Beleidigung!«, mahnte der Richter.

»I sag ja nix, Herr Richter. Aber zahln muaß die dös! I laß mir vom Zahnarzt neiche Zähn eisetzn, und dös muaß sie zahln! Und a Schmerznsgeld verlang i aa!«

Der Höhepunkt der Verhandlung aber war die Vernehmung des Zeugen Moosbichler. Nachdem der Forstaufseher seine Personalien angegeben hatte, sagte der Richter zu ihm:

»Also, Herr Zeuge, Sie sind dazugekommen, wie die Klägerin und die Beklagte eine Auseinandersetzung wegen der Stachelbeeren hatten?«

»Auseinandersetzung is scho guat! Grafft ham s', wia zwoa tollwütige Katzn, daß d' Fetzn gflogn san, Herr Richter.«

»Haben Sie gesehen, wer von den beiden angefangen hat?«, wollte der Richter wissen.

»Naa, Herr Richter, dös hab i net gsehgn«, erwiderte Moosbichler. »Wiar i dazuakemma bin, is dös Raffats scho im schönstn Gang gwen.«

»So, hm – haben Sie dann eingegriffen, Herr Zeuge?«, fragte der Richter weiter.

»I?«, fragte Moosbichler ganz entrüstet. »Ja, was glaubn S' denn, Herr Richter, i rauf doch net mit Weiberleit!«

»So war das auch gar nicht gemeint, Herr Zeuge. Ich wollte wissen, ob Sie versucht haben, den Streit zu schlichten.«

»Ja, dös hab i scho toa. I hab gsagt, sie solln si die Stachlbeer toaln und an Fried gebn. I hab gsagt, daß ma zweng so am Dreck doch net rafft und streit'!«

Da wandte sich der Richter an die beiden Frauen und sagte: »Das war der beste Rat, der Ihnen gegeben werden konnte. Sie hätten gut daran getan, auf den Forstaufseher zu hören, dann stünden Sie jetzt nicht hier!« Zu Moosbichler gewandt fuhr er fort:

»Was hat man Ihnen denn darauf geantwortet?«

»O mei, Herr Richter, neibelfert ham s' in mi wia zwoa Bißgurn und ham gsagt, dös geht mi an Dreck an, ham s' gsagt, und dann ham s' weitergrauft.«

Da schrillte die Stimme der Huisnbäuerin dazwischen: »Weil er zu uns gsagt hat, mir san zwoa alte Goaßn – jawohl, Herr Richter, alte Goaßn, hat er gsagt, samma!«

Moosbichler drehte sich halb zur Huisnbäuerin um und fragte: »Hätt i vielleicht ›gnädige Frau‹ zu dir sagn solln, ha? A sauberne gnädige Frau, die wo die ander gnädige Frau bei die Haar hat und ihr mit der Faust ins Mäu neischlagt!«

Schallendes Gelächter im Zuhörerraum. Der Richter klopfte mit dem Bleistift auf den Tisch und verbat sich jegliche Zwischenbemerkungen. Dann fuhr er mit der Vernehmung des Zeugen fort:

»Also, Herr Zeuge, Sie sagen, die beiden Frauen haben weitergerauft?!«

»Und wia die grafft ham, Herr Richter! I sag Eahna, so was hab i no nia net gsehgn!«

»Was haben Sie dann unternommen?«, wollte der Richter wissen.

»I? – Nix! Ganga bin i und hab die zwoa raffa lassn. Was hätt i denn toa solln? Die hättn mi ja zammbissn!«

»Nun«, meinte der Richter, »Sie sind doch immerhin ein besonnener und sehr kräftiger Mann. Man sollte doch

meinen, es wäre für Sie eine Kleinigkeit gewesen, die tätliche Auseinandersetzung zu beenden.«
»Ja, Herr Richter, wann dös Mannsbuider gwen waarn, dann hätt i dös Raffats in zwoa Minutn z' End bracht. Aber Weiberleit ko i doch net niederschlagn! Dös geht doch net, Herr Richter! Ma ko doch in Weiberleit net oafach neidreschn!«
»Um Gotteswillen, wer redet denn von Niederschlagen?«, fragte der Richter entsetzt. »Ich hab doch kein Wort von Niederschlagen gesagt! Es gibt doch auch andere Mittel, einen Streit zu beenden. Das braucht doch nicht mit Brachialgewalt zu geschehen!«
»Naa, Herr Richter«, sagte Moosbichler, »ohne Gwalt waar dös nia net ganga! Wann Sie gsehgn hättn, wia die hoaß warn, müaßtn S' dös selm sagn! Die habn ja Gift und Gall gspiebn!«
Nun konnte sich die Huisnbäuerin nicht mehr zurückhalten. Sie mußte Dampf ablassen, denn sonst hätte es sie zerrissen. Mit schriller Stimme schrie sie dazwischen: »Die Heißin hättst ruhig niederschlagn derfn; um die waar net schad gwen! Mi hat s' in Arm neibissn, die dreckate Loas, die dreckate!«
Diese Worte wirkten so, als ob der Blitz eingeschlagen hätte. Jeder im Saal wußte, daß die Huisnbäuerin jetzt gleich der Teufel holen wird. Selbst die mächtige Gestalt Moosbichlers, der vor dem Richtertisch stand, zuckte deutlich sichtbar zusammen. Er kratzte sich hinter dem Ohr und murmelte in das eisige Schweigen der Schrecksekunde hinein: »O, Höllsakra!«
Der Richter schnappte ein paarmal nach Luft, und dann holte die Huisnbäuerin wirklich der Teufel! Mit scharfen

Worten wies der Vorsitzende die erschrockene Frau zurecht und belegte sie mit einer Geldstrafe wegen ungebührlichen Benehmens vor Gericht. Der Rechtsanwalt der Heißin aber kündigte eine Klage wegen Beleidigung seiner Mandantin an. Aus dem Zuhörerraum rief der Huisnbauer seiner Frau zu:
»Du dapperte Kuah, du blede, kannst net dei Dreckschleidern haltn?! – Was dös jetzt kost'!«
Daraufhin wurde der empörte Ehemann vom Richter aus dem Saal gewiesen mit dem Bemerken, daß hier ein Gericht sei, aber kein Wirtshaus.
Mit dieser Verhandlung aber war der Stachelbeerkrieg noch nicht beendet, denn inzwischen hatten auch der Huisnbauer und der Heiß einen Prozeß angestrengt, weil nicht einwandfrei festzustellen war, zu wessen Grund und Boden die Ödfläche gehörte. Darum hatte sich seit vielen Generationen kein Mensch gekümmert, weil ja dieser kleine Fleck landwirtschaftlich vollkommen wertlos war. Jetzt aber mußten die Besitzverhältnisse »grichtsmaßi« geklärt werden. Dieser Prozeß zog sich endlos hin und hatte schon viel Geld verschlungen. Nun war in Sachen Heiß contra Höllriegl, genannt Huisnbauer, wieder Termin angesetzt. Der Richter, der diese Verhandlung zu leiten hatte, hatte sich beim Aktenstudium vorgenommen, jetzt unter allen Umständen einen Vergleich zustande zu bringen, damit die beiden Bauern nicht noch mehr Geld verprozessierten wegen einer gänzlich wertlosen Sache. Dieser joviale bayerische Richter redete in einer Sprache mit den Prozeßgegnern, die die Bauern verstanden, und nachdem er ihnen fast eine Stunde lang in seiner väterlichen Weise gut zugeredet hatte wie kranken Rössern,

erklärten sich der Heiß und der Höllriegl endlich mit dem vorgeschlagenen Vergleich einverstanden. Aufatmend begann der Richter dem Gerichtsschreiber den Vergleich zu diktieren. Da merkte er, daß der Heiß noch etwas sagen wollte. Er unterbrach daher das Diktat und fragte: »Wollen Sie noch etwas sagen, Herr Heiß?« Und nun hielt der Heiß folgende Rede:

»I sag nix, als was dös sag i, sags hundertmal und sags tausendmal, und allamal sag i's wieder: Bal's is und daß's waar, und daß ma sagn kunnt, a so und a so, oder oaner den andern, bal ma nur woaß, der Wöll und der Wann! Huisnbauer, recht hast du, als was i – und i ho aa recht!«

Unter dem Dorngestrüpp, das auf der Ödfläche wucherte, hielten sich gerne Rebhühner und Fasanen auf. Für sie legte mein Vater im Spätherbst eine Winterfütterung an. Moosbichler half ihm dabei. Der Forstaufseher sah sinnend auf den Stachelbeerstrauch und sagte:

»Sehgn S', Herr Forstverwalter, dö Stachlbeer, zweng dene der Streit ausbrocha is, warn höchstens zwoa Markl wert. Und was hat der Streit kost'! Wenn ma denkt, wia schwer dö Bauern ihr Göld vadeana müaßn! Dös san so fleißige Leit, der Huisnbauer und der Heiß und ihre Frauen. Von in der Fruah bis auf d' Nacht teans schuftn und rackern und gunna si nix. Und zweng so am Dreck ham s' as Göld mit alle zwoa Händ aus'm Fenster nausgschmissn! Die ghörn doch anbohrt!«

»Ja, Moosbichler«, sagte mein Vater, »da haben S' recht! Aber so wie's da im Kleinen war, so ist's auch oft im Großen. Wegen lächerlicher Kleinigkeiten sind schon blutige Kriege ausgebrochen, die mit einem bisserl Vernunft leicht hätten vermieden werden können.«

»O mei, Vernunft!«, meinte Moosbichler. »I hab mir scho oft denkt, wann i so für mi drüber nachsinniert hab: Dös bledeste Viech, dös auf der Wölt rumlafft, is doch der Mensch!«

DIE PREDIGT

Zwischen dem Mandlmeier von Hartering und dem gleichfalls dort ansässigen Schwammerlbader schwelte seit Jahren eine handfeste Feindschaft. Der Mandlmeier hatte nämlich einen Buben, der sich in der Schule durch überdurchschnittliche Leistungen auszeichnete, so daß der Lehrer eines Tages zu dem Bauern sagte: »Mandlmeier, Ihren Sepp müssen Sie studieren lassen, denn der hat ein hervorragendes Köpferl! Das Anwesen kriegt er ja eh einmal net, weil noch ein älterer Bub da ist.« Der Mandlmeier zog ja nicht recht, aber die Mandlmeierin war sofort Feuer und Flamme für diesen Vorschlag, denn sie sah sich schon als Mutter eines geistlichen Herrn, und diese Ehre wollte sie sich nicht entgehen lassen.
Der Forstaufseher Moosbichler, dessen Frau mit den Mandlmeiers verwandt war, war der Firmpate vom Sepp. Aus diesem Grunde wurde auch mit ihm das Vorhaben besprochen und die Eltern des Buben fragten den Muckl nach seiner Meinung. Der kratzte sich hinter dem Ohr, wie er das immer tat, wenn er über etwas nachdachte, und sagte:
»Ja mei, da is schwer z' ratn! Leistn könnts ös Enk ja, 'n Sepp studiern z'lassn, und wann der Lehrer moant, daß er's schafft, dann waar's ja grad guat für'n Sepp. Aber

warum soll er denn grad auf Geistlich studiern? Laßts eahm doch Förster werdn! Dös waar doch schö, wann er amal Forstverwalter werdn taat, und dös waar aa besser für'n Buam, weil er si da nix um die Leit schern braucht.«
Damit war aber die Mandlmeierin gar nicht einverstanden. Mit beiden Händen wehrte sie diesen Vorschlag ab und meinte: »Förster? – Naa, auf koan Fall! Wann ma eahm scho studiern lassn, dann auf Geistlich! Denk doch an die Ehr, die wo ma da aufhebt, wann der Bua a geistlicher Herr is! Als Forstverwalter hat er koa Primiz, ko koane Messn lesn und kann nix toa für unser Seelnheil! Und fromm san s' aa net richtig, die Forstleit. Ma braucht ja bloß di oschaugn und 'n Forstverwalter! Ihr gehts ja net amal jedn Sonntag in d' Kirch! Ihr seid ja halberte Heidn!«
»Dadrüber streit i mi net mit dir, Mandlmeierin«, erwiderte Moosbichler, »denn, daß as Kirchngeh alloa no koan guatn Christn ausmacht, dös verstehst du ja doch nia net. Denk bloß an den Holzhandler Dobler! Der lafft jedn Tag in d' Mess und schleckt 'm Herrgott am Kreiz d' Füaß ab – und wann er dann an Bauern oder an Sagler recht über d' Ohrn hat haun könna, dann stift' er a Kerzn! Aber in deine Augn is dös a guater Christ, weil er aus der Kirch nimmer außerkimmt und weil er 'm Pfarrer am liabern hint neischliafn taat. Du derfst doch aa net bloß an die Ehr denkn, die wo d' aufhebst, wann d' die Muatter von am geistlichn Herrn bist! Es draaht si doch um die Zukunft von deim Buam! A Geistlicher ko koa Wort net redn, ohne daß's die Leit auf d' Goldwaag legn, und er ko koan Schritt toa, ohne daß er beobacht' und kritisiert werd. Und was muaß si so a Pfarrer mit dene scheinheilign Bet-

schwestern ärgern, die wo päpstlicher san als wia der Papst! Naa, mir gangst! Liaber bin i a Holzhauer, als daß i mir dös otaat!«
»Du bist und bleibst halt a alter Heid!«, stellte die Mandlmeierin fest. »Du kimmst bestimmt amal a halberte Ewigkeit net aus 'm Fegfeier raus, wann di net glei gar der Teifi holt! Und übrigns, der Sepp mecht ja selm gern auf Geistlich studiern.«
»Dös werst eahm du scho entsprechnd eiblosn ham, Mandlmeierin, wiar i di kenn!«, sagte Moosbichler. »Was woaß denn scho a Bua mit zehn Jahr! Der ko doch so was no gar net beurteiln! Was hast nacha davo, wann er Geistlicher is und fühlt si dann vielleicht todunglücklich? – Jetzt paß amal auf, jetzt mach i dir an Vorschlag: Laßts Enkern Sepp ruhig amal aufs Gymnasium geh! Wann er dann ferti is, is er alt gnua, daß er selm woaß, ob er Geistlicher wern will oder Forstverwalter oder was anders.«
Der Mandlmeier, der bisher kein Wort gesprochen hatte, nahm die Pfeife aus dem Mund und sagte: »Dös is a Red! Jawoll, so werd's gmacht! Der Bua soll selm entscheidn, wenn er alt gnua is. Der Muckl hat ganz recht!«
So kam der Sepp also aufs Gymnasium.
Aber auch der Schwammerlbader hatte einen Buben, und als er hörte, daß die Mandlmeier ihren Sepp studieren lassen wollten, ließ ihm das keine Ruhe, und deshalb sagte er eines Tages zu seiner Frau: »Du, Stasi, was moanst, wann mir unsern Egid aa studiern lassn taatn? Geistlicher waar halt doch was anders, als wenn er sei Lebn lang dene Bauern ihre Wochnbärt abschabn und ihre verfaultn Stockzähn außerziahgn müaßt!« Und so bezog also auch der Schwammerlbader Egid das Gymnasium, trotz der

schweren Bedenken, die der Lehrer gegen dieses Vorhaben geäußert hatte.
Während nun der Sepp jedes Jahr sehr gute Zeugnisse nach Hause brachte, fiel der Egid prompt in der ersten Gymnasialklasse zweimal hintereinander mit Pauken und Trompeten durch. Damit war der Traum des Schwammerlbaders, seinen Sohn einmal die Messe lesen zu sehen, ausgeträumt. Darüber giftete er sich saumäßig. Wenn ihn die Bauern feixend fragten: »No, Schwammerlbader, wann is nacha die Primiz von deim Egid?«, dann hätte er ihnen am liebsten mit dem schartigen Rasiermesser die Gurgel abgeschnitten. Sein besonderer Haß aber galt den Mandlmeiers, obwohl diese braven Leute doch gar nichts dafür konnten, daß der Egid nicht die geistigen Voraussetzungen für die höhere Schule hatte. In der Rasierstube und im Wirtshaus klärte der Bader die Bauern darüber auf, warum der Mandlmeier Sepp gute Noten bekam, während sein Egid nicht weiterstudieren konnte. »Dös kimmt bloß daher«, verkündete er, »weil der reiche Mandlmeier die Professa abschmiern ko, i aber – i ko mir dös net leistn!« Die Bauern aber lächelten nur zu diesen Worten. Der Mandlmeier aber sagte: »O mei, der Egid werd halt derselbige Depp sei, wia sei damischer, gschaftlhuaberischer Vatta!«
Die Jahre vergingen. Der Egid half seinem Vater die Bauern rasieren und ihnen Stufen ins Haupthaar schneiden, er zog mit gewaltiger Kraft fest eingewurzelte Stockzähne und assistierte beim Verbinden von Wunden, die sich die Burschen bei Raufereien zugezogen hatten.
Der Mandlmeier Sepp aber hatte inzwischen das Abitur als einer der Besten bestanden. Weil er jedoch neun Jahre

lang in einem Internat erzogen worden war, das unter geistlicher Leitung stand, kam er gar nicht auf die Idee, etwas anderes zu studieren als Theologie. So wurde also der Herzenswunsch der Mandlmeierin doch erfüllt, denn auch das Theologiestudium schloß der Sepp mit Auszeichnung ab. Seine Primiz wurde in der Dorfkirche zu Hartering mit großem Pomp gefeiert. Die alten Mandlmeiers strahlten vor Stolz, der Schwammerlbader aber war gelb vor Neid.

Etwa ein Jahr nach dieser feierlichen Primiz brach sich der Herr Pfarrer von Hartering den Knöchel und mußte ins Spital. Während der Krankheit des Pfarrers halfen die Geistlichen der umliegenden Ortschaften in der verwaisten Pfarrei aus, und eines Sonntags sollte der Mandlmeier Sepp, der in einer nahegelegenen Gemeinde Kaplan war, in Hartering den Gottesdienst abhalten. Der junge Geistliche hatte sich auf diese Amtshandlung besonders gut vorbereitet und hatte eine Predigt ausgearbeitet, die sich hören lassen konnte. Als er am Sonntag die Kanzel bestieg, war die Kirche drucktvoll, denn keiner wollte die Predigt versäumen, die ein Sohn seines Dorfes hielt. Als der Kaplan Mandlmeier auf der Kanzel stand und die vielen bekannten Gesichter sah, die erwartungsvoll und neugierig auf ihn gerichtet waren, wurde er plötzlich von einem Gefühl übermannt, das eine verzweifelte Ähnlichkeit mit Examensangst hatte. Die Handflächen wurden ihm feucht und auf der Stirne bildeten sich kleine Schweißtropfen. Aber er mußte mit seiner Predigt anfangen, denn die Leute wurden schon unruhig. Er war ein guter Kanzelredner, es konnte ja nichts passieren! Also begann er:

»Der heilige Evangelist Lukas grüßt euch!« – Mein Gott,

wie ging es aber weiter? Heute früh beim Waschen und Rasieren hatte der Sepp die gut einstudierte Predigt nochmal memoriert und da war noch jedes Wort gesessen. Jetzt aber war sie weg, wie weggeblasen! Der arme Kaplan suchte krampfhaft nach dem anschließenden Satz – aber er fand ihn nicht. Er begann also nochmal von vorne:
»Der heilige Evangelist Lukas grüßt euch!« – Und wieder stand der bedauernswerte Sepp vor der unsichtbaren Mauer, an der es nicht weiterging. Er fühlte direkt einen Krampf im Hirn, und seine Nervosität steigerte sich von Sekunde zu Sekunde. Es beherrschte ihn nur der eine Wunsch: weit, weit weg zu sein. Die Zuhörer wurden immer unruhiger, denn die Bauern fühlten die peinliche Situation. Die alten Mandlmeiers hätten sich am liebsten in ein Mausloch verkrochen, nur der Schwammerlbader feixte. Der wälzte sich geradezu in Schadenfreude! Da tönte von der Kanzel mit zitternder, belegter Stimme zum dritten Mal der Satz:
»Der heilige Evangelist Lukas grüßt euch!« – Und wieder kam der Geistliche nicht weiter. Lähmendes Entsetzen legte sich auf die zuhörenden Bauern, in der Kirche hätte man eine Nadel fallen hören. Der Schwammerlbader konnte sich vor Entzücken nun nicht mehr halten und sagte in die absolute Stille hinein:
»No ja – sagst eahm halt aa an schön Gruaß!«
Diese Bemerkung aber hatte den Bann gebrochen. Ein Kichern und Prusten lief durch die Gemeinde, und plötzlich war bei dem verzweifelten Kaplan auch die Mauer weg. Er fand den Faden wieder und hielt eine so zu Herzen gehende Predigt, daß die Frauen eifrig ihre Schneuztücheln benützten. Das ganze Dorf war des Lobes voll,

und die Leute gratulierten den alten Mandlmeiers zu ihrem Sohn. Darüber aber giftete sich der Schwammerlbader noch mehr.

Nach dem Gottesdienst wurde im Mandlmeier-Hof das Mittagessen eingenommen, zu dem auch Moosbichler und seine Frau geladen waren. Natürlich drehte sich das Gespräch um die Predigt und um den Schwammerlbader. Moosbichler sagte zu dem Kaplan:

»Woaßt Sepp, dös soll der damische Schwammerlbader net umasunst toa ham! Den wann i zwischn die Finger kriag, laß i'n so umanand, daß er gradnaus zum heiligen Lukas schreit!«

Der junge Geistliche wehrte entsetzt ab und bat: »Nein, Göd, dös darfst net tun! Gewalttaten sind unchristlich – und dann hab ich doch dem Schwammerlbader zu verdanken, daß ich den Faden wieder gfunden hab. Ohne seinen Zwischenruf wär ich glatt steckenblieben.«

»Dös war ja net sei Absicht, daß er dir hilft«, stellte Moosbichler fest. »Der hat di bloß lächerlich macha wolln. Und dös tränk i eahm ei, daß er sei Lebtag lang dro denkt. Du kost ja derweil für eahm betn. I hau eahm recht rum! Die Freid muaßt mir scho lassn dafür, daß d' mi so enttäuscht hast und net zum Forstwesn ganga bist. Mei, i derf gar net dro denka, was du für a schneidiger Förster worn waarst, so a sauberner Bursch wia du! Und die Madln! Dutzndweis waarn's dir nachgloffn – hättst as bloß nehma braucha! – Und jetzt? Was hast jetzt? Jetzt hast an Dreck! Jetzt kannst mit 'm Ofnrohr ins Gebirg schaugn!«

Alles lachte, nur die Mandlmeierin war empört und wies den Forstaufseher zurecht: »Jetzt hör mal auf mit deine gottlosn Redn! So was sagt ma doch net zu am geistlichn

Herrn! Da siecht ma amal wieder, wia ihr Forstleit seids! Nix wia weltliche Sachn habts im Kopf und denkts net an enker Seelnheil!«

Moosbichler grinste die Mandlmeierin verschmitzt an und sagte: »Die weltlichn Annehmlichkeitn hat doch aa der liabe Herrgott für uns erschaffn. Was taatst jetzt du sagn, wann du uns beispielsmaßi was Guats zum Essen vorsetzt, und koaner von uns taat was davo nehma? Dann waarst doch beleidigt – oder? Und was moanst, daß si der liabe Herrgott denkt, wann mir alles Schöne und Guate zruckweisn, was er uns gebn will – ha? Dann is er doch aa beleidigt! Drum moan i allaweil, daß mir Forstleit scho auf'n rechtn Weg san, weil mir unsern Herrgott net beleidign und dankbar annehma, was er uns gibt.«

»Mit dir ko ma net streitn, Muckl«, erwiderte die Mandlmeierin. »Du draahst oam as Wort im Mäu um, wiast as grad brauchst. Aber jetzt bist staad! Solchane Redn ghörn si net, wann a Geistlicher mit am Tisch sitzt. So kannst bei deine gottlosn Jager redn – beim Forstverwalter und beim Dokta – aber net da in am christlichn Haus!«

»Laß ihn doch, Mutter«, vermittelte der Kaplan. »Der Göd meint's ja net bös! Der will dich ja nur a bißl aufziehn. Und es weiß ja jeder, daß er ein braver und ehrenwerter Mann ist!«

Vierzehn Tage später sagte der Schmied zu seinem Schwager Moosbichler: »Du, Muckl, i hab mi heit vom Schwammerlbader rasiern lassn. Der schaugt ja sauber aus! Oa Aug is zuagschwolln, und grea und blau is er im Gsicht. Er hat gsagt, er is bei der Nacht gstolpert und von der Stiagn owagflogn. I glaub's eahm aber net recht, denn dös schaugt eher aus wia dei Handschrift. Hast eahm eppa

du recht gfotzt von zweng am Sepp seiner Predigt damals?«
Moosbichler grinste den Bruder seiner Frau an und gab zu: »Ja, Michl, i war so frei!«

DIE ÜBERLISTETE BISSGURN

Wenn die Amesreiterin im Mittelalter gelebt hätte, wäre sie sicherlich auf dem Scheiterhaufen verbrannt worden, denn sie war die bissigste Beißzange des Landkreises, ja wahrscheinlich ganz Bayerns. Ihren Mann, der sie wegen ihres Geldes geheiratet hat, hatte sie schon nach ganz kurzer Zeit zu einem vollkommenen Trottel gemacht, der nur das tun durfte, was sie befahl. Selbst ihre Kinder haben, nachdem sie erwachsen waren, das Elternhaus verlassen und kehrten bei Lebzeiten der Mutter nie mehr in das Dorf zurück.
Unter den vielen unangenehmen Eigenschaften der Amesreiterin stach besonders ihre unwahrscheinliche Raffgier hervor. Diese Habsucht ging so weit, daß sie jeden zu übervorteilen versuchte, der sich in irgendein Geschäft mit ihr einließ. Ob das nun Leute waren, die Obst bei ihr kauften, oder Bauern, die das Gras in ihrem Garten mähten, immer und überall verstand sie ihren Vorteil zu wahren.
Einmal aber wurde die Amesreiterin zum Gaudium des ganzen Dorfes doch hereingelegt, und zwar von dem Forstaufseher Moosbichler, der noch ein wenig pfiffiger war als sie. Der Schwager Moosbichlers, der Schmied Bachleitner, war nicht nur ein guter Schmied und Landwirt, sondern auch

ein hervorragender Mechaniker und Bastler. Wenn eine landwirtschaftliche Maschine, eine Nähmaschine oder ein Radl defekt war, holte man den Bachleitner, der den Schaden in kurzer Zeit behob. Aber auch Uhren und sonstige kleine Mechanismen reparierte er wie ein Fachmann, und manchmal kaufte er auch defekte Maschinen und Uhren für wenig Geld, reparierte sie und verkaufte sie dann mit einem angemessenen Gewinn wieder weiter.
In einem ihrer Zimmer hatte die Amesreiterin eine große Standuhr, die seit Jahr und Tag nicht mehr ging. Diese gedachte sie dem Schmied anzubieten und möglichst teuer zu verkaufen, weil ihr ein Uhrmacher gesagt hatte, daß sich eine Reparatur kaum mehr lohnen würde. Also ließ sie den Bachleitner kommen und versuchte ihn mit großer Zungenfertigkeit davon zu überzeugen, daß es das beste Geschäft seines Lebens wäre, wenn er die Uhr kaufen würde. Der Schmied untersuchte die äußerlich so schöne Standuhr kritisch, und weil das Gehäuse gut zu den Möbeln seines Wohnzimmers paßte, beschloß er, das Stück zu kaufen, um seiner Frau eine Freude zu machen. Nach langem Feilschen einigten sie sich auf einen Preis von fünfzig Mark. Die Amesreiterin lachte sich ins Fäustchen.
Als der Bachleitner das Uhrwerk in den nächsten Tagen zerlegte, mußte er zu seinem Schrecken feststellen, daß das Werk total verrostet und nicht mehr zu gebrauchen war. Daß die Amesreiterin die Uhr wieder zurücknahm, war ausgeschlossen. An ihre Anständigkeit zu appellieren, war zwecklos, dazu kannte er sie zu gut.
Als Moosbichler am Abend vom Wald nach Hause kam, erzählte ihm seine Frau, daß ihr Bruder von der Amesreiterin mit der Uhr so hereingelegt worden ist. »Die

Kathi, sei Frau, war heit mittag bei mir und hat mir's verzählt. Der Michl wollt ihr a Freid machn und hat die Uhr kafft, weil sie wirkli arg schön is und guat zu ihrm Wohnzimmer paßt. Bloß ganga is die Uhr nimmer. Die Amesreiterin hat aber gsagt, daß dös Uhrwerk bloß verdreckt is, der Michl bräucht's grad reinign und eiöln, dann gang's wieder. Fuchzg Markl hat er ihr dafür gebn. Wia der Michl die Uhr aber gestern ausanandergnomma hat, hat er gsehgn, daß dös ganze Uhrwerk verrost' is. Da ko koa Mensch mehr was damit ofanga.«

»Ja mei«, sagte Moosbichler, »is denn der Michl net no bleder, daß er si mit dem Fegeisn in a Gschäft eilaßt? Der muaß doch wissn, daß ma bei der Amesreiterin bschissn is, wann ma s' bloß auf zwanzg Meter Entfernung siecht!«

»Dös hab i eahm aa gsagt, Muckl«, erwiderte Frau Moosbichler, »aber woaßt scho, der Michl is a guater Lapp und a rechtschaffener Mensch. Du woaßt ja, was die Amesreiterin für a Goschn hat. Die hat 'n Michl doch umadumgredt.«

»Dös kann i mir lebhaft vorstelln«, stimmte Moosbichler zu. »Aber die Uhr muaß d' Amesreiterin zrucknehma.«

»Moanst eppa du, daß dös Luader die fuchzg Markl wieder rausruckt: O mei, Muckl, da taatst ehnder fertibringa, daß die Donau bergauf fliaßt, als daß ma aus dem Reibeisn bloß oan Pfennig rausbracht! Die is doch a Ruach, wia's koan zwoatn mehr gibt!«

Moosbichler war so empört über den Betrug der Amesreiterin, daß er sagte: »Dös wolln ma amal seghn, ob dös alte Fegeisn die Uhr net wieder zrucknimmt! Glei nach'm Essn geh i ummi zu ihr und hau s' so lang rum, bis der Michl seine fuchzg Markl wieder hat!«

»Naa, Muckl, dös derfst auf koan Fall toa!«, wehrte Frau Moosbichler ab. »Misch di du in die Sach gar net nei, da kimmst bloß in a Schlamassl!«
»Aber der Michl is doch dei Bruader«, gab Moosbichler zu bedenken. »Da ko i doch net oafach zualassn, daß ma den so bscheißt!«
»Und du bist mei guater, alter Bär«, stellte Frau Moosbichler fest. »Da is mir scho liaber, wann der Michl um fuchzg Markl bschissn werd, als daß du eigsperrt wirst.«
Nach dem Abendessen setzte sich Moosbichler in den Herrgottswinkel der gemütlichen Wohnküche, trank eine Halbe Bier und las im »Neuburger Anzeigeblatt«. Sein treuer Hund Feldmann lag neben ihm auf der Bank und ließ sich von seinem Herrn das Fell kraulen, während Frau Moosbichler das Geschirr abspülte. Plötzlich hieb der Forstaufseher mit seiner gewaltigen Faust auf den Tisch und rief: »Agath, i hab's!«
Erschrocken fuhr der Hund in die Höhe, und Frau Moosbichler ließ vor Schreck das Besteck fallen, das sie gerade abtrocknete. »Jessas Maria und Josef, Muckl«, sagte sie, »hast mi du jetzt derschreckt. Da kunnt oam ja pfeilgrad der Schlag treffn! – Was hast? – I glaub di hats!«
»I wollt di net erschreckn, Agath«, entschuldigte sich Moosbichler, »aber i woaß jetzt, wia ma dös machn, daß die Amesreiterin die Uhr wieder zrucknimmt.«
»Aber net mit Gwalt, Muckl!«, mahnte die besorgte Frau.
»Naa, net mit Gwalt, aber mit List«, erwiderte Moosbichler und entwickelte seiner Frau ausführlich den Plan, den er sich ausgedacht hatte.
»Moanst, daß die da drauf reifallt?«, zweifelte Frau Moosbichler. »Aber du hast scho recht, Muckl, ihr Geldgier is

stärker wia ihr Schlauheit. Probiern kannst as ja amal. Gehst halt morgn ummi zum Michl und sagst as eahm.«

»Morgn? Naa, da geh i scho glei ummi zu eahm, es is ja gar net weit.«

Bei diesen Worten erhob er sich, nahm seinen Hut und verließ das Haus. Nachdem er seinen Schwager begrüßt hatte, sagte er: »Die Agath hat mir verzählt, Michl, daß di die Amesreiterin mit der Uhr so reiglegt hat.«

Der Schmied sah den Mann seiner Schwester mißtrauisch an und meinte: »Wiar i di kenn, Muckl, willst mi du jetzt recht derbleckn. Aber dös sag i dir: Wannst dös tuast, dann hau i dir mein größtn Vorschlaghammer aufn Deez! – Was moanst, was i für a Wuat im Bauch hab!«

Moosbichler lachte dröhnend und meinte scheinheilig: »Wia du mi aber verkennst, Michl, du tuast ja grad, als wann i scho amal oan derbleckt hätt!«

»Naa, sag i«, entgegnete der Schmied, »so wia du ko doch koa Mensch d' Leit derbleckn!«

Moosbichler legte seinem Schwager die Hand auf die Schulter und sagte: »Also, Michl, i will di bestimmt net derbleckn. I hab selber a Sauwuat auf die Amesreiterin kriagt, wia mir die Agath dös von der Uhr verzählt hat. Und da hab i mir jetzt an Plan ausdenkt, wia ma dem Mistviech die fuchzg Markl wieder rauslockn kunnt.«

»Von der kriag i koa Markl nimmer«, sagte der Schmied. »Was die gschroamaulate Heppn amal in ihre habgierign Kralln hat, ko ihr aa der Teifi nimmer außerreißn!«

Der Forstaufseher hielt seinem Schwager die Hand hin und fragte: »Wettn, daß die Amesreiterin die Uhr wieder zrucknimmt und daß du dei Göld wieder kriagst – sogar mehra als was du dafür zahlt hast?«

»Was du dir eibildst, Muckl«, sagte der Schmied. »Ehnder lernt mei dümmste Kuah draußn im Stall as Zitterspuin, als daß dö alte Ruachin bloß oan Pfennig wieder rausruckt. Wann d' dös fertibringst, Muckl, daß die dös Göld zruckzahlt, dann ghörn die fuchzg Markl dir. Woaßt, mir is net um die fuchzg Markl, aber mir stinkt a so saumäßi, daß dö alte Schraubn dös Göld hat.«
»Naa, Michl«, wehrte Moosbichler ab, »dös Göld ghört dir, dös taat i nia net onemma. Aber wenn mei Plan durchgeht, nacha kannst a Tragl Bier zahln für uns zwoa und a Flaschn Kirschlikör für dei Kathi und mei Agath. Dös sauf ma dann mitnand.«
Der Schmied schlug kräftig in Moosbichlers Hand und sagte: »Guit scho, Muckl, dös tuar i gern! – Aber jetzt taat mi amal interessiern, was dös für a Plan is. Geh, ruck amal raus damit!«
Als Moosbichler seinem Schwager den Plan umständlich auseindergesetzt hatte, schlug sich der Bachleitner aufs Knie, dann drosch er dem Forstaufseher auf die Schulter und schrie: »Du bist doch a Mordskerl, Muckl, a ganz a odraahter Bazi! Also auf dös waar i nia net kemma. Aber so geht's, Muckl! Auf die Weis nimmt die ganz bestimmt die Uhr zruck und ruckt mit'm Gerschtl raus. Geh nur glei ummi zu dera Beißzanga und frag s'!«
Weil bei der Amesreiterin noch Licht brannte, klopfte Moosbichler an den Fensterladn. Gleich darauf wurde die Haustür geöffnet und mit keifender Stimme fragte die Frau: »Wos is – wer is da?«
»I bin's, Amesreiterin, der Moosbichler Muckl. I hätt di bloß was fragn wolln, Amesreiterin.«
»Muaßt da so spat kemma – hätt dös net bis morgn Zeit

ghabt?«, belferte sie. Aber weil sie sehr neugierig war, fragte sie doch: »Wos willst nacha wissn, ha?«

Moosbichler tat recht geheimnisvoll und fragte: »Amesreiterin, hast du 'm Schmied a Standuhr verkafft?«

»Ja«, antwortete die Bißgurn. »Warum willst dös wissn? Wos geht dös di o?«

»Der Schmied hat die Uhr nämli repariert«, sagte der Forstaufseher, »und i wills kaffa, weils wirkli a Prachtstückl is und guat in unser Wohnstubn passn taat. I hätt bloß gern gwißt, was er dir zahlt hat, denn er verlangt hundertfuchzg Markl von mir.«

»Woos?!«, schrie die Amesreiterin. »Hundertfuchzg Markl verlangt der ausgschamte Kerl! Und mir hat er fuchzg Markl gebn! Naa, dös geht auf gar koan Fall! Der muaß mir die Uhr wieder rausgebn! Glei geh i ummi zu eahm und hols wieder.« Und schon rannte sie los zum Bachleitner-Hof, so daß Moosbichler kaum mit ihr Schritt halten konnte. Ohne anzuklopfen stürmte sie in die Stube und verlangte mit großem Wortschwall ihre Uhr zurück. Der Schmied grinste und meinte:

»Kafft is kafft, Amesreiterin. Mir ham den Preis ausgmacht und du hast dei Göld kriagt, also ghört die Uhr mir!«

Ganz außer sich schrie die Bißgurn schrill: »Dös gilt net, du hast mir die Uhr hinterlisti abdruckt für a Spottgeld, denn du hast genau gwißt, daß sie dreimal so vui wert is! Wann du die Uhr net zruckgibst, nimm i an Rechtsanwalt! I woaß vom Moosbichler, daß du von eahm hundertfuchzg Markl verlangt hast!«

Nun tat der Bachleitner so, als ob er durch diese Drohung eingeschüchtert wäre, und sagte: »Woaßt, Amesreiterin, da kannst aa mit'm Gricht nix machn, weil i im Recht bin. Aber weil i koan Streit net mog, gib i dir halt die Uhr zruck, unter der Bedingung, daß du mir für mei Arwat zwanzg Markl zahlst, denn i hab dös ganze Uhrwerk zerlegt und wieder zammgsetzt.«

Nach langem Hin und Her rückte die Amesreiterin die siebzig Mark heraus. Moosbichler und der Schmied verluden die Uhr behutsam auf ein Handwagerl und fuhren sie in die Wohnung der Bißgurn. Auf dem Rückweg wurde das Wagerl beim Wirt mit einem Tragl Bier beladen, und Moosbichler steckte grinsend eine Flasche Kirschlikör in die Tasche. Dann holte der Forstaufseher seine Frau, und so kam es, daß der alte Nachtwächter Hansgirgl dachte, der Schmied habe das große Los gewonnen, weil im Wohnzimmer des Bachleitner-Anwesens nachts um ein Uhr noch Licht brannte und dröhnendes Gelächter zu hören war. Frau Moosbichler und die Frau des Schmiedes aber bekamen in dieser Nacht den ersten Schwips ihres Lebens von dem Kirschlikör.